U0136005

價 量 經 典

（附 圖）

楊基鴻　著

目　錄（附圖）

第三篇　價平量增　做頭做底

第五篇　價跌量縮　情況互異

第六篇　價平量縮　反彈止漲

第七篇　　價漲量平　　止漲反彈

第一篇　價漲量增　順勢推動

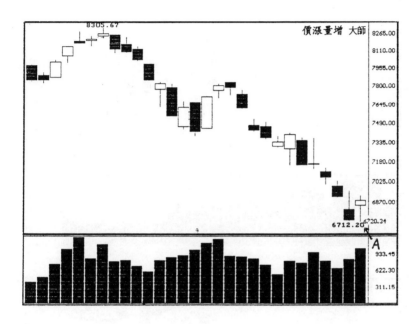

〔圖1-1〕

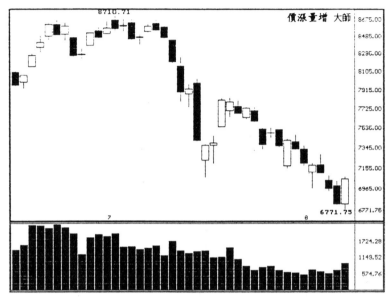

〔圖1-2〕

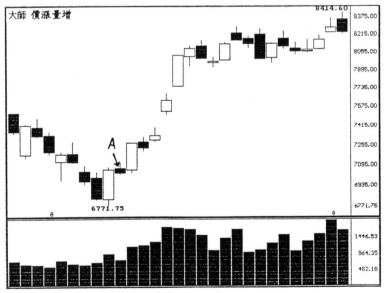

〔圖1-3〕

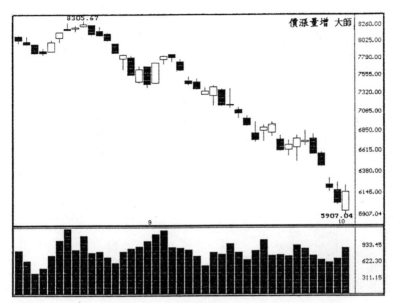

〔圖1-4〕

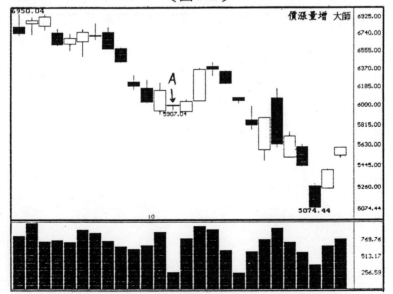

〔圖1-5〕

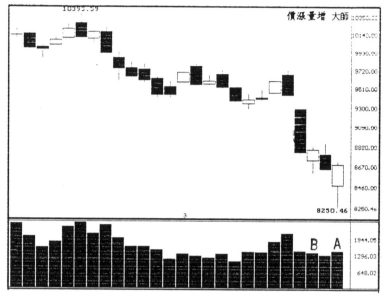

〔圖1-6〕

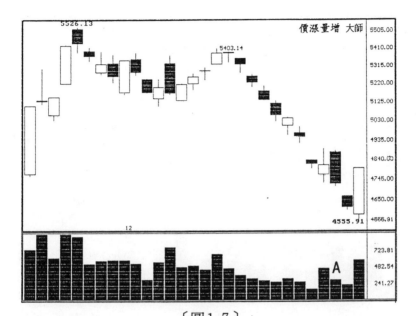

〔圖1-7〕

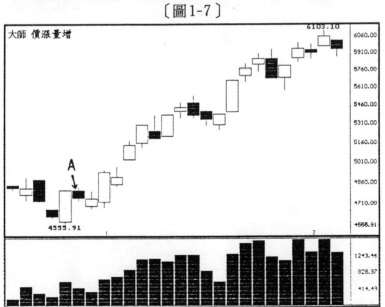

〔圖1-8〕

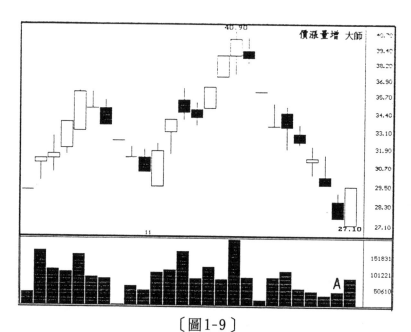

〔圖1-9〕

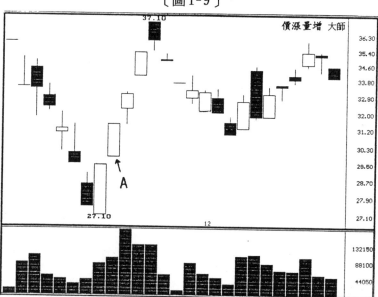

〔圖1-10〕

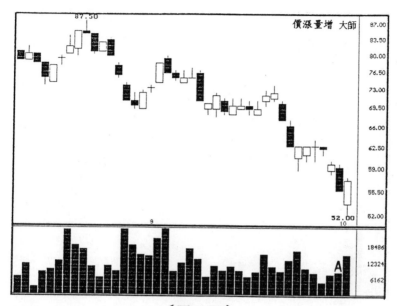

〔圖1-11〕

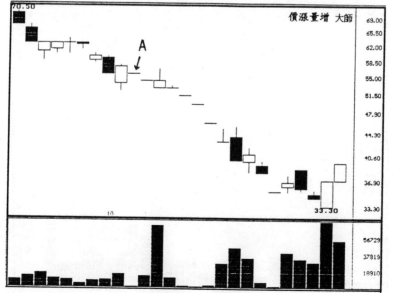

〔圖1-12〕

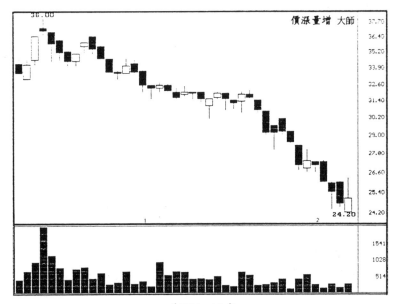

〔圖1-13〕

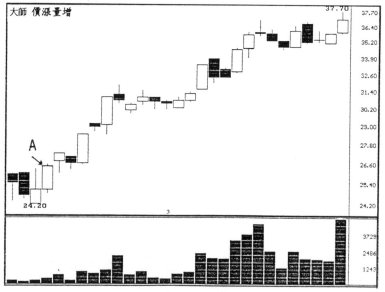

〔圖1-14〕

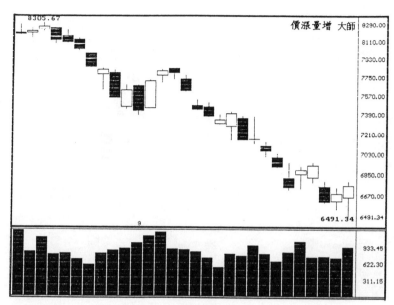

〔圖1-15〕

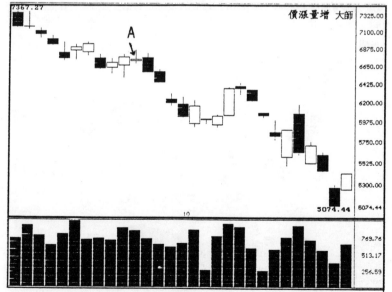

〔圖1-16〕

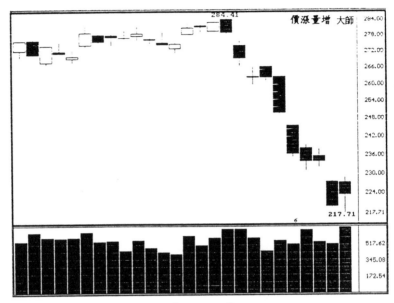

〔圖1-17〕

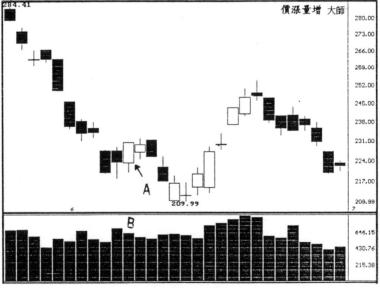

〔圖1-18〕

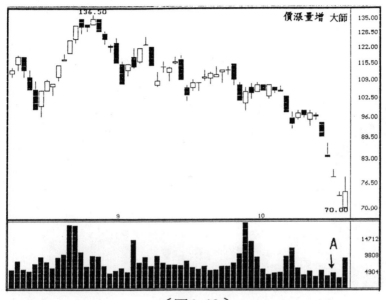

〔圖1-19〕

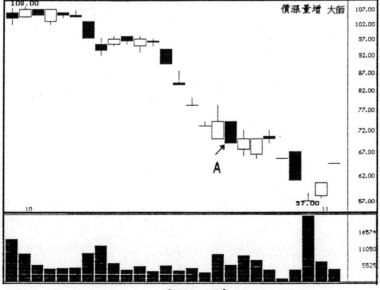

〔圖1-20〕

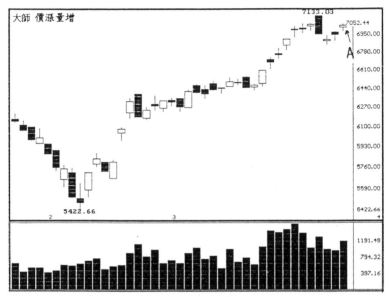

〔圖1-21〕

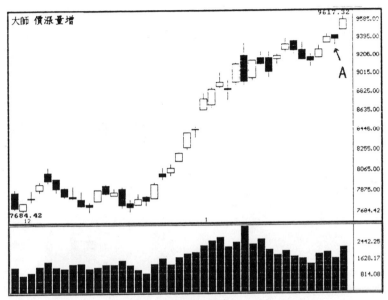

〔圖1-22〕

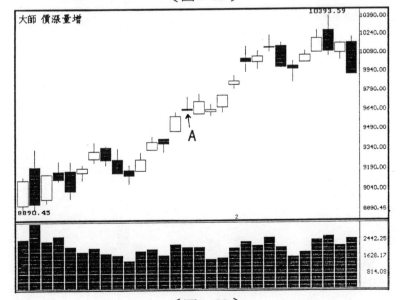

〔圖1-23〕

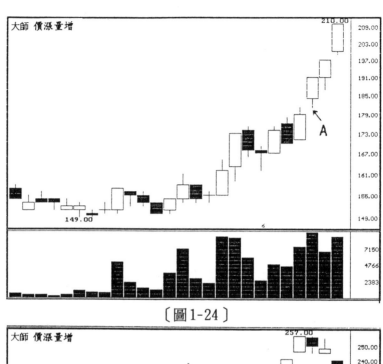

〔圖1-24〕

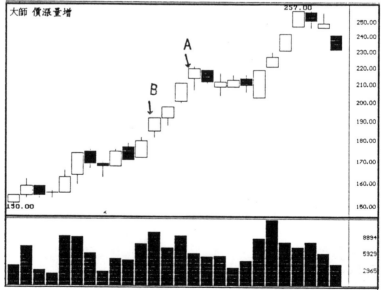

〔圖1-25〕

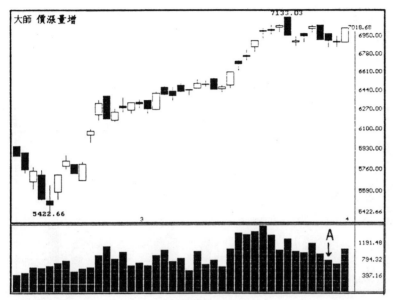

〔圖1-26〕

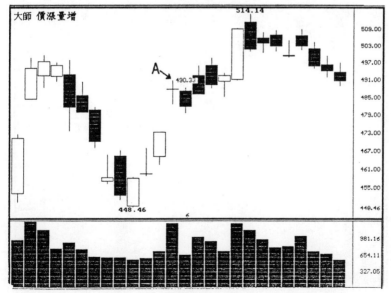

〔圖1-27〕

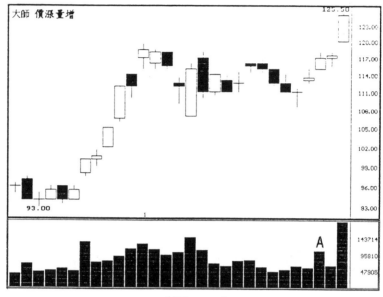

〔圖1-28〕

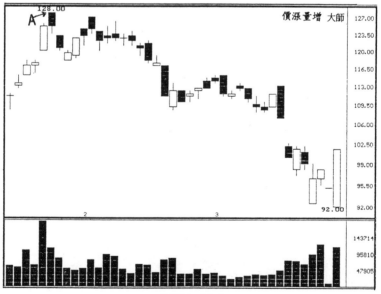

〔圖1-29〕

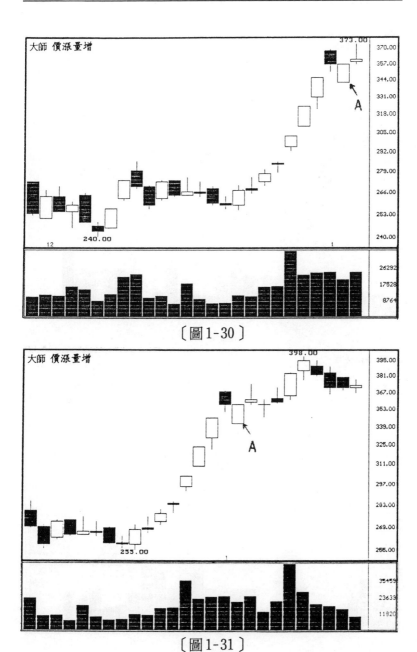

〔圖1-30〕

〔圖1-31〕

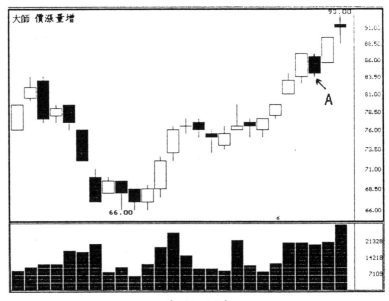

〔圖1-32〕

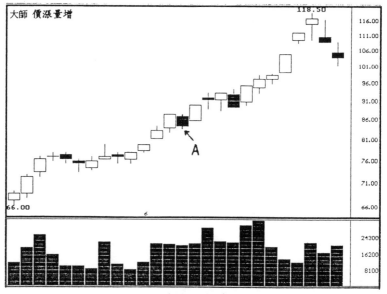

〔圖1-33〕

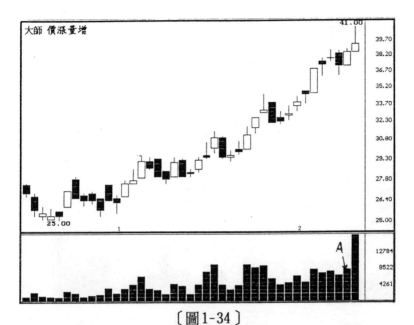

〔圖1-34〕

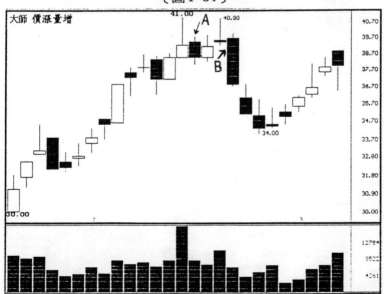

〔圖1-35〕

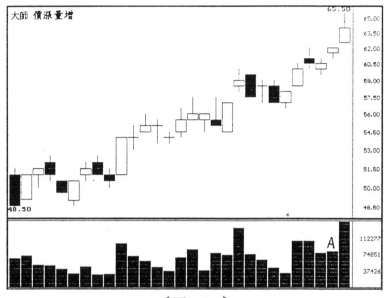

〔圖1-36〕

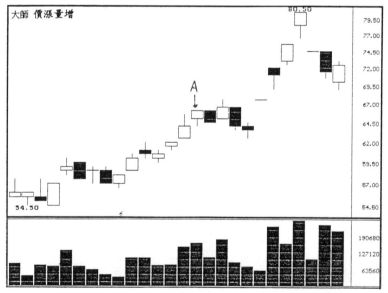

〔圖1-37〕

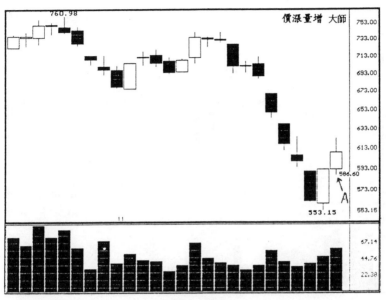

〔圖1-38〕

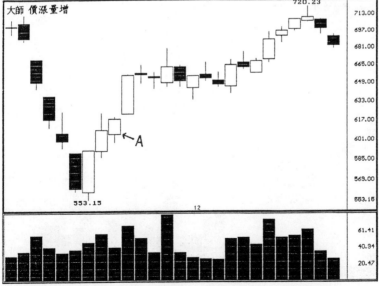

〔圖1-39〕

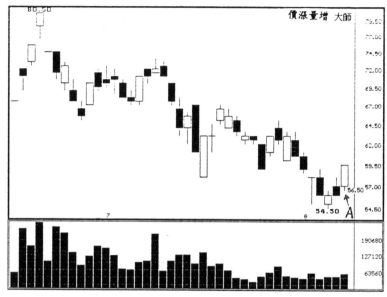

〔圖1-40〕

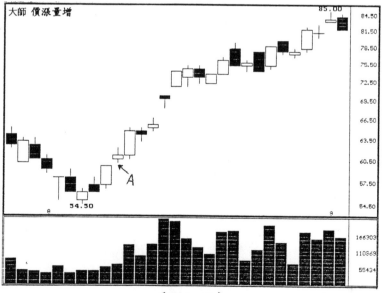

〔圖1-41〕

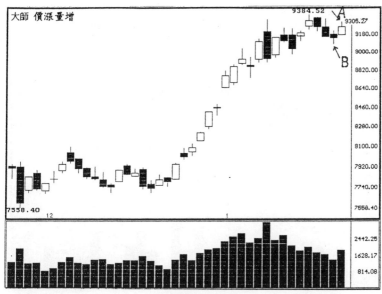

〔圖1-42〕

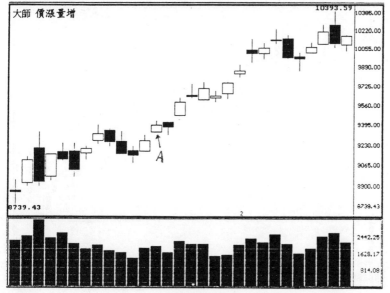

〔圖1-43〕

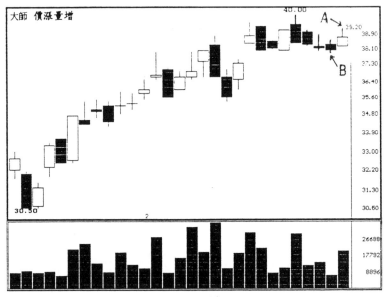

〔圖1-44〕

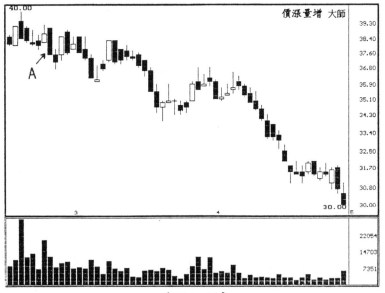

〔圖1-45〕

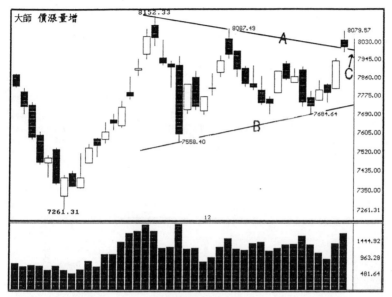

〔圖1-46〕

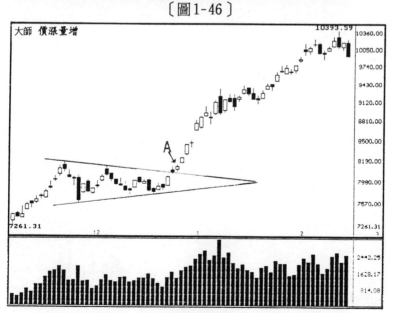

〔圖1-47〕

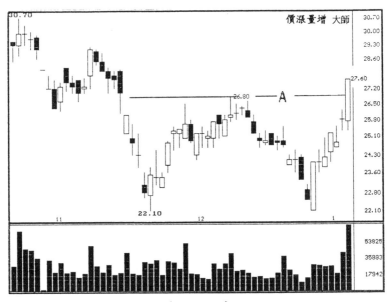

〔圖1-48〕

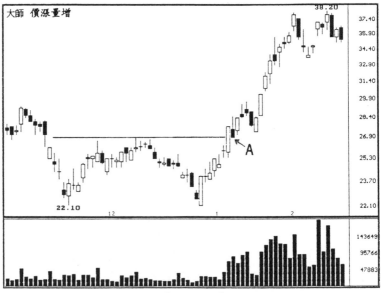

〔圖1-49〕

第二篇　價跌量增　有待觀察

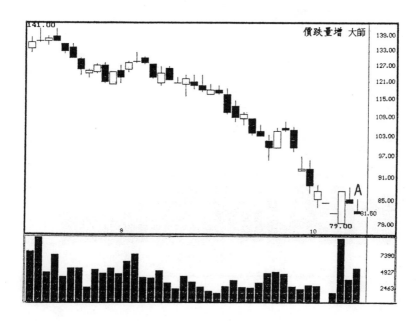

〔圖2-1〕

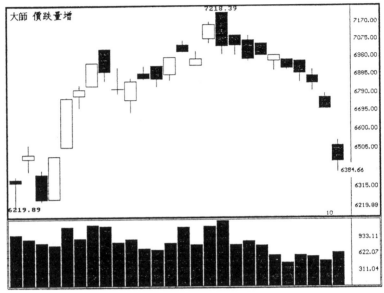

〔圖2-2〕

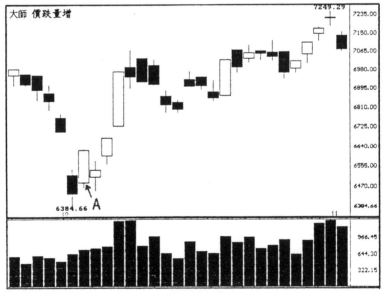

〔圖2-3〕

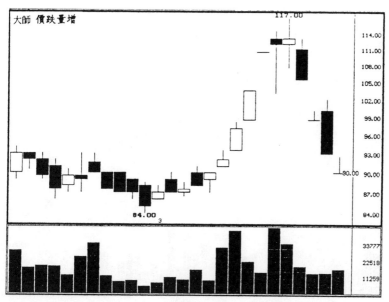

〔圖2-4〕

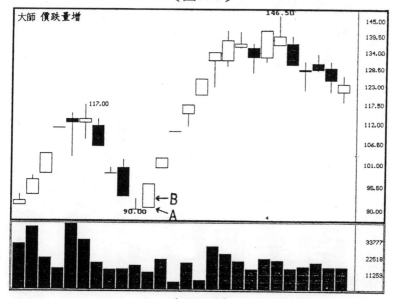

〔圖2-5〕

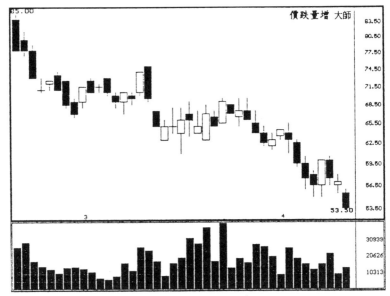

〔圖2-6〕

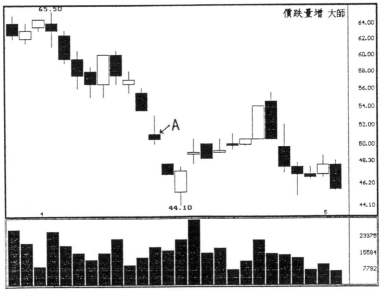

〔圖2-7〕

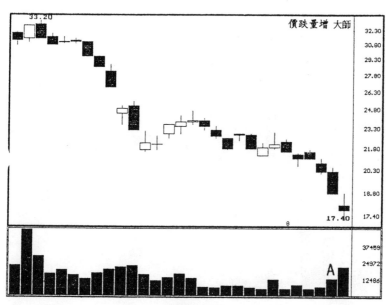

〔圖2-8〕

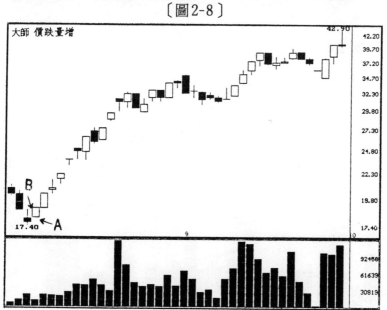

〔圖2-9〕

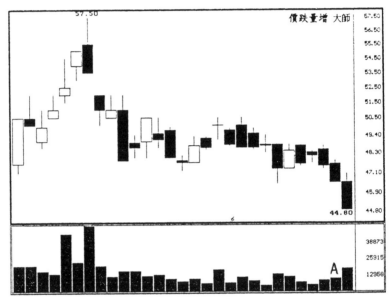

〔圖2-10〕

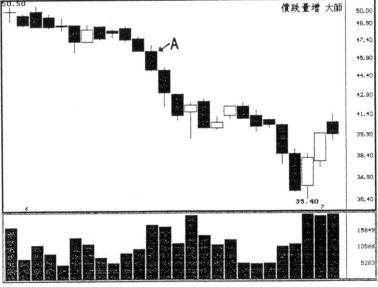

〔圖2-11〕

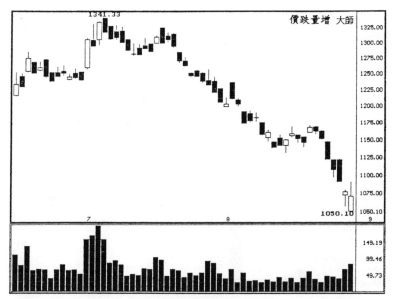

〔圖2-12〕

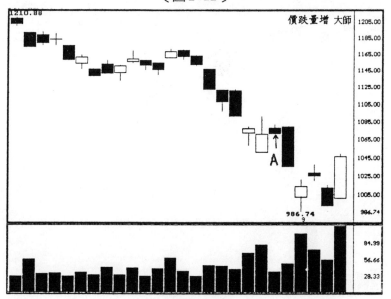

〔圖2-13〕

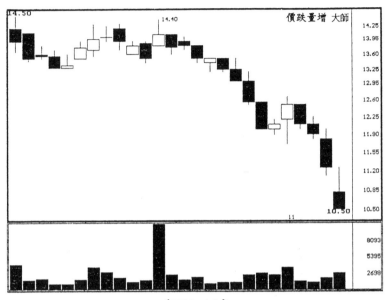

〔圖2-14〕

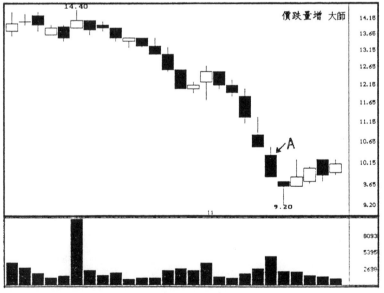

〔圖2-15〕

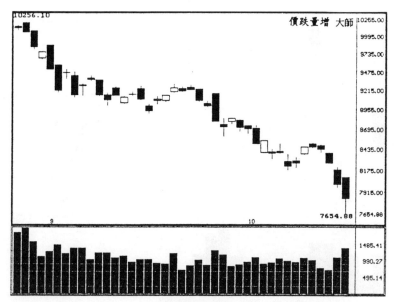

〔圖2-16〕

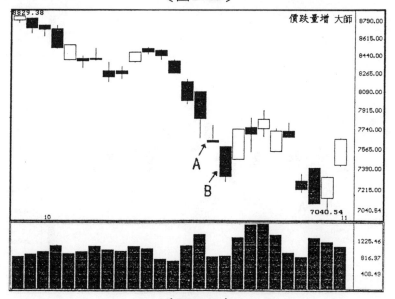

〔圖2-17〕

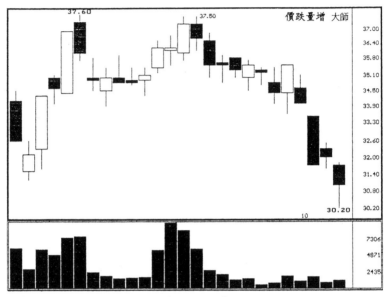

〔圖2-18〕

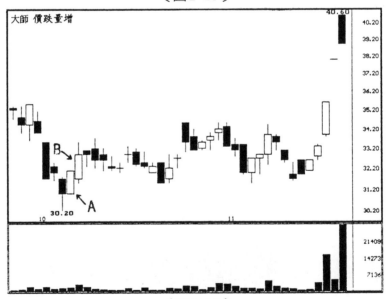

〔圖2-19〕

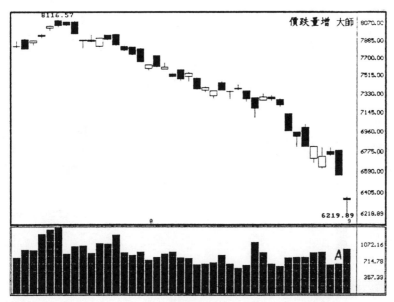

〔圖2-20〕

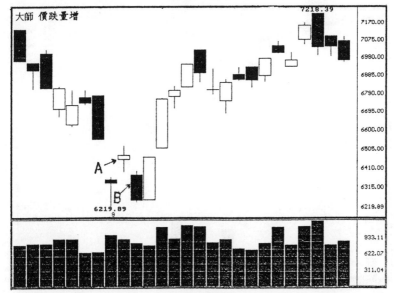

〔圖2-21〕

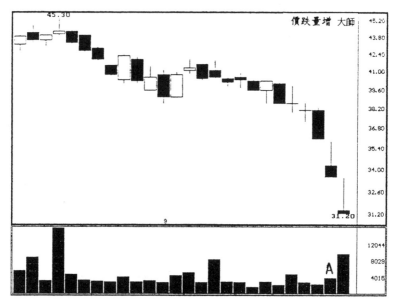

〔圖 2-22〕

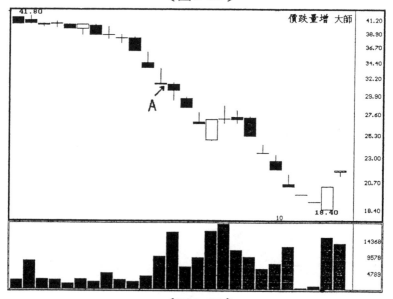

〔圖 2-23〕

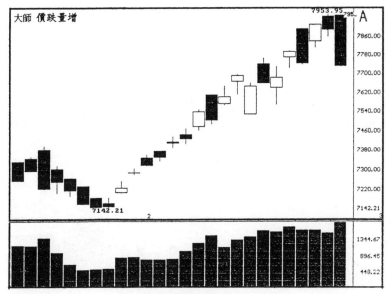

〔圖2-24〕

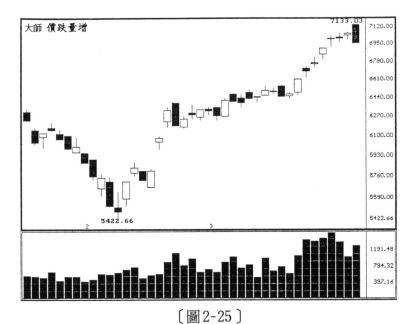

〔圖2-25〕

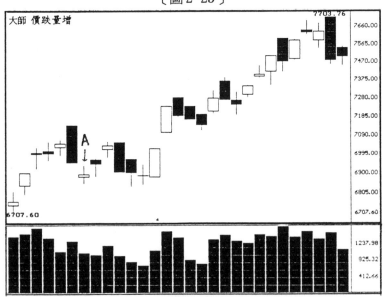

〔圖2-26〕

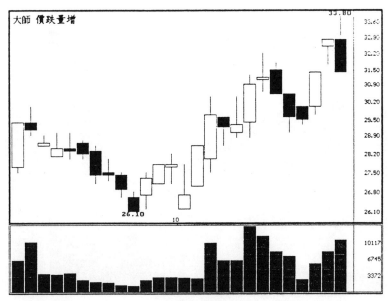

〔圖 2-27〕

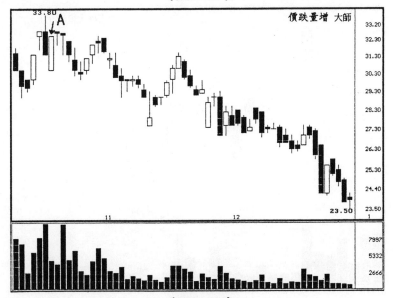

〔圖 2-28〕

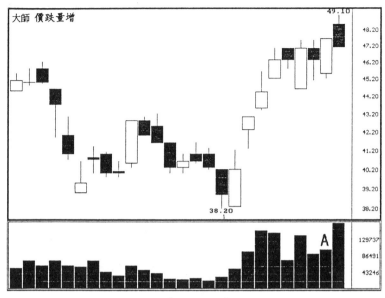

〔圖2-29〕

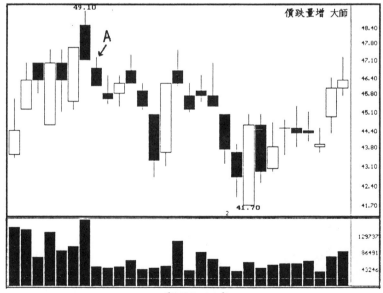

〔圖2-30〕

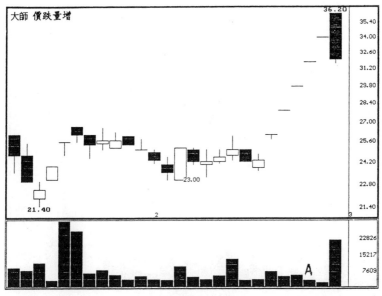

〔圖2-31〕

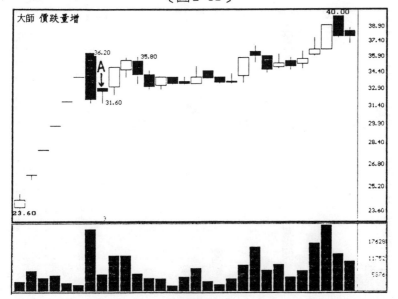

〔圖2-32〕

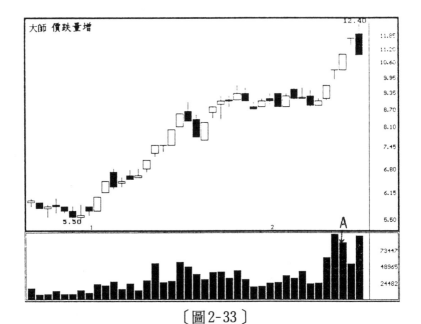

〔圖2-33〕

〔圖2-34〕

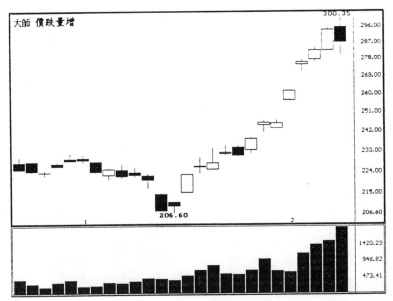

〔圖2-35〕

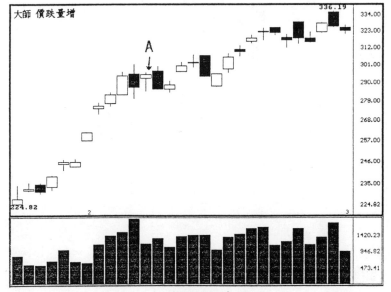

〔圖2-36〕

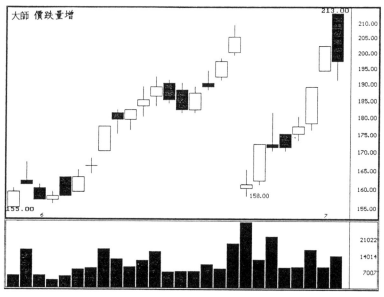

〔圖2-37〕

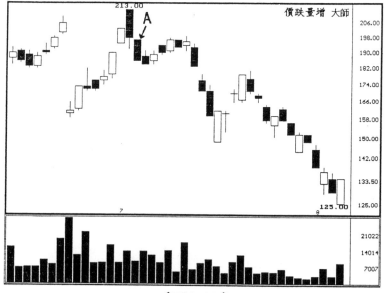

〔圖2-38〕

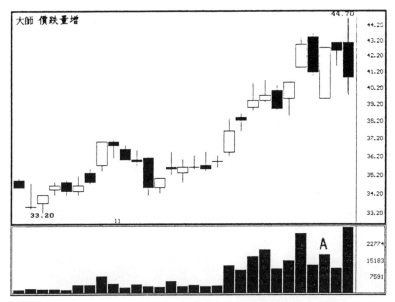

〔圖2-39〕

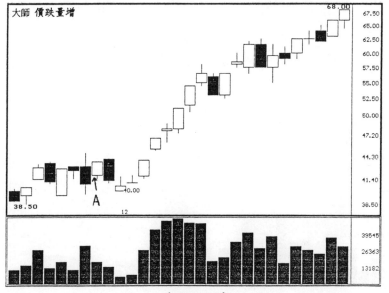

〔圖2-40〕

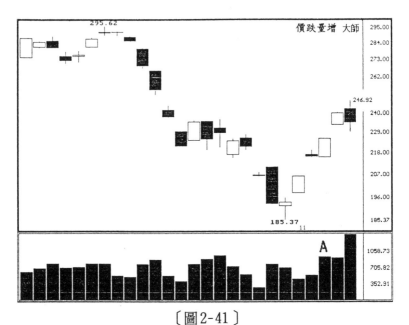

〔圖 2-41〕

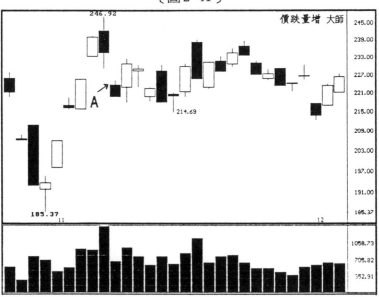

〔圖 2-42〕

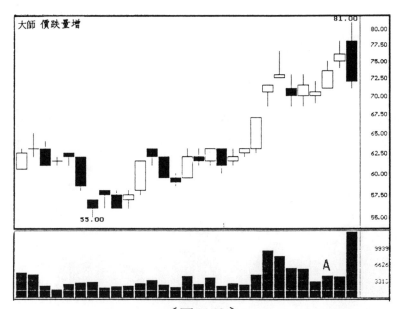

〔圖2-43〕

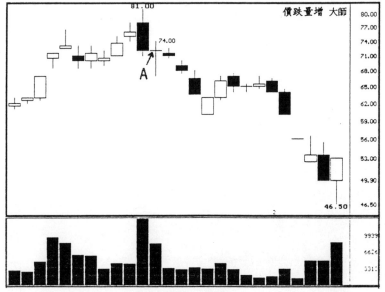

〔圖2-44〕

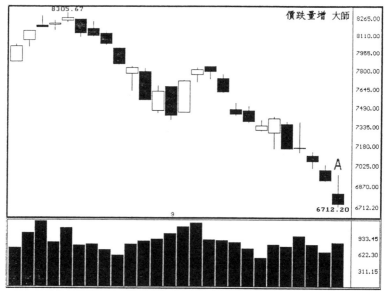

〔圖2-45〕

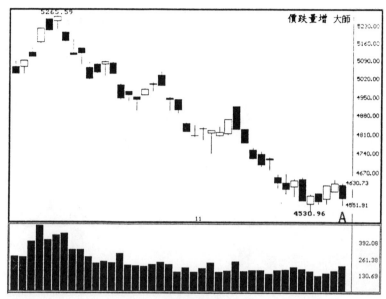

〔圖2-46〕

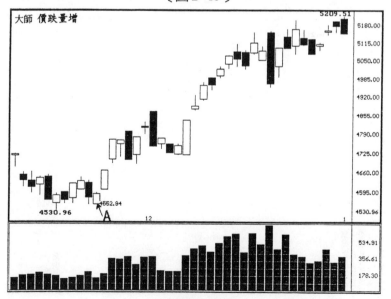

〔圖2-47〕

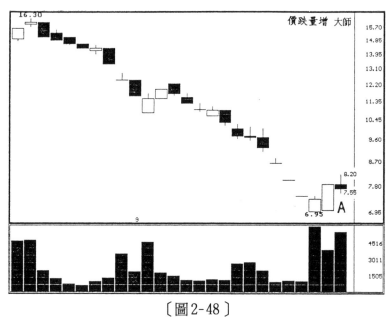

〔圖2-48〕

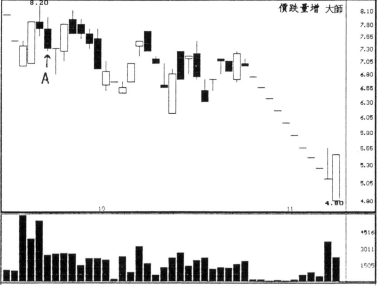

〔圖2-49〕

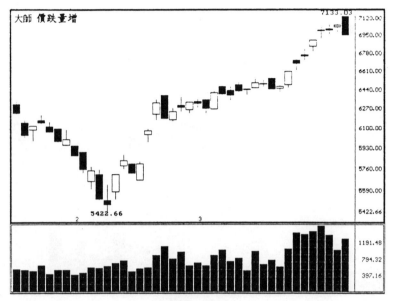

〔圖2-50〕

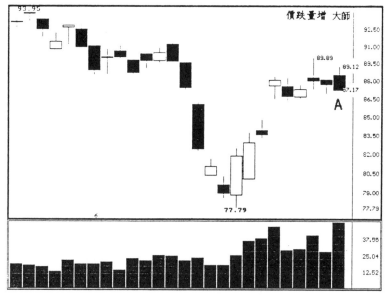

〔圖2-51〕

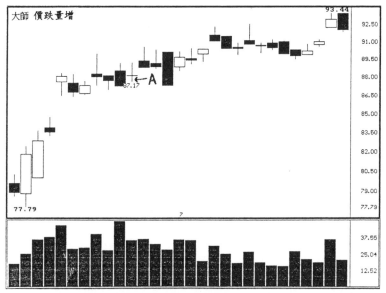

〔圖2-52〕

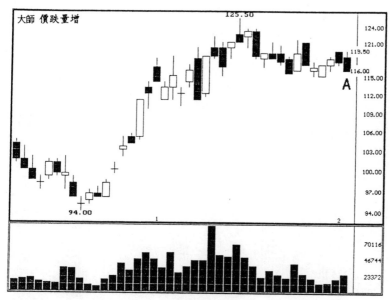

〔圖2-53〕

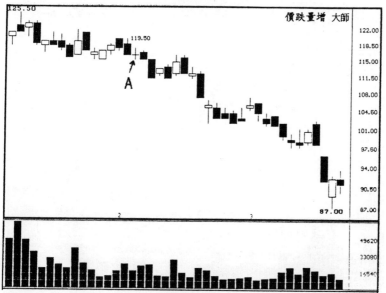

〔圖2-54〕

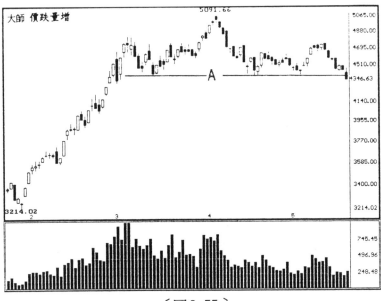

〔圖2-55〕

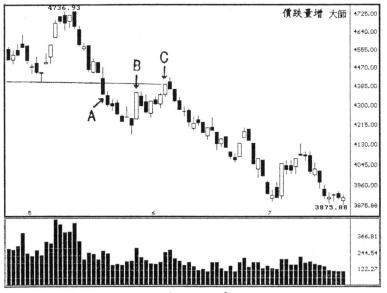

〔圖2-56〕

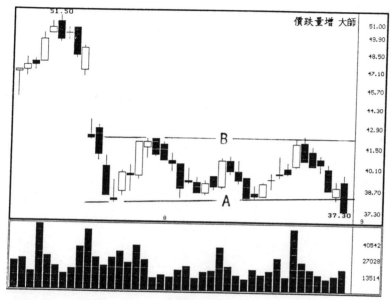

〔圖2-57〕

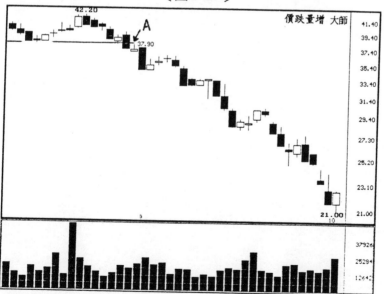

〔圖2-58〕

第三篇　價平量增　做頭做底

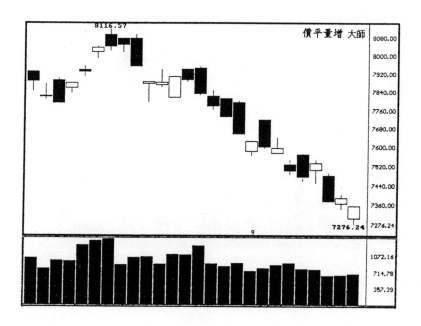

〔圖3-1〕

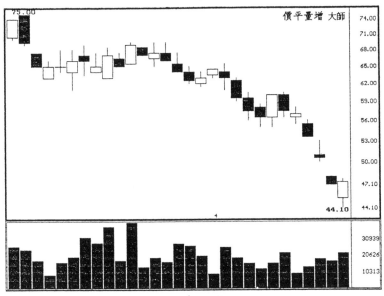

〔圖3-2〕

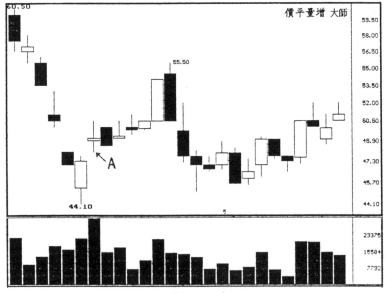

〔圖3-3〕

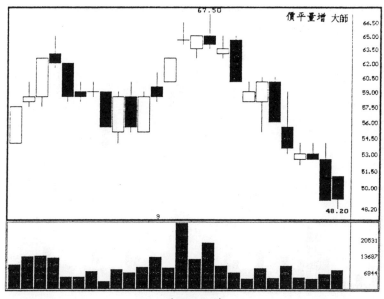

〔圖3-4〕

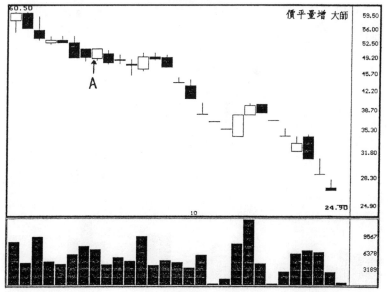

〔圖3-5〕

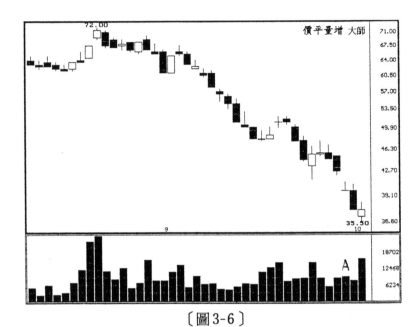

〔圖3-6〕

〔圖3-7〕

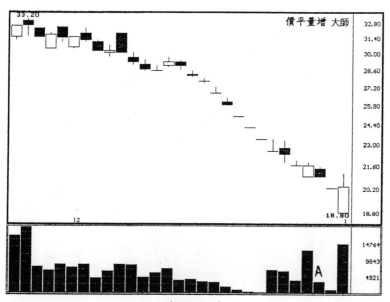

〔圖3-8〕

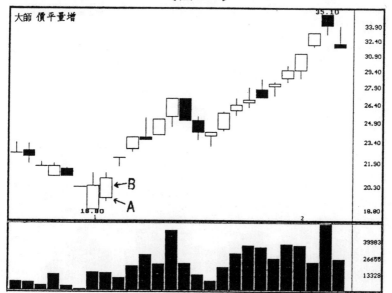

〔圖3-9〕

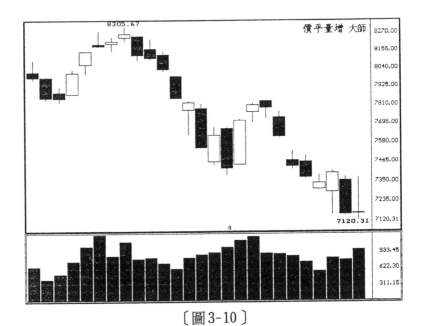

〔圖 3-10〕

〔圖 3-11〕

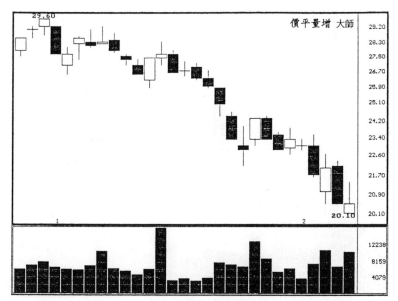

〔圖3-12〕

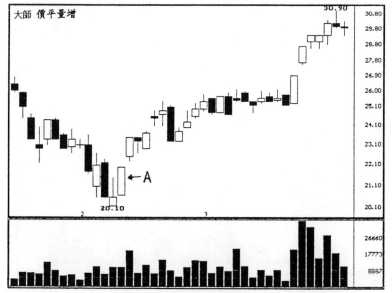

〔圖3-13〕

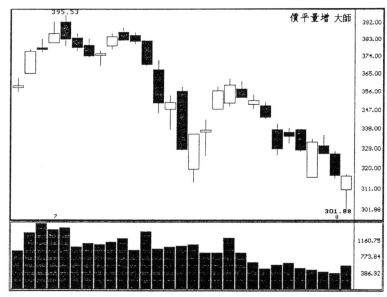

〔圖3-14〕

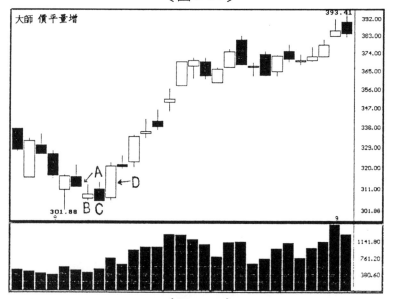

〔圖3-15〕

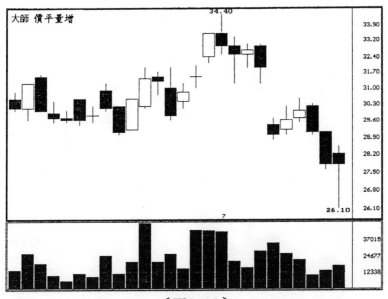

〔圖3-16〕

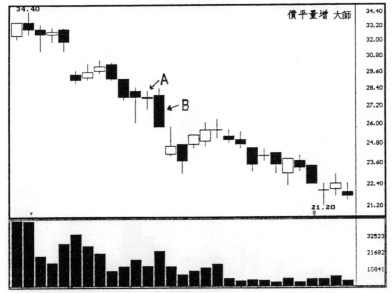

〔圖3-17〕

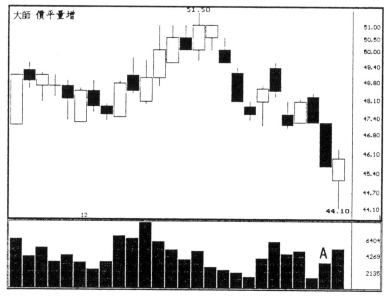

〔圖3-18〕

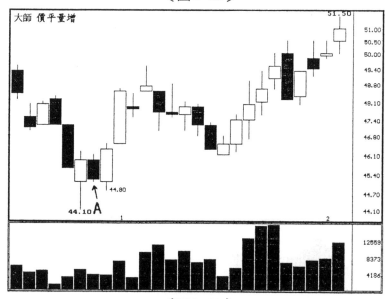

〔圖3-19〕

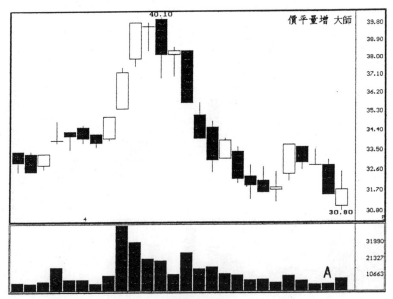

〔圖 3-20〕

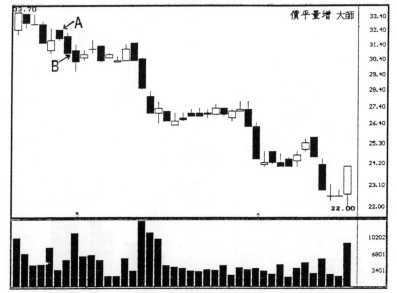

〔圖 3-21〕

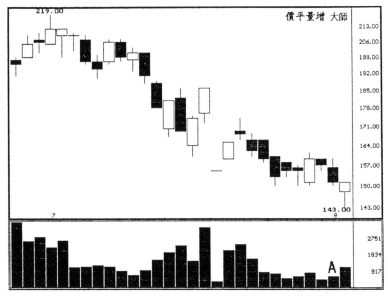

〔圖3-22〕

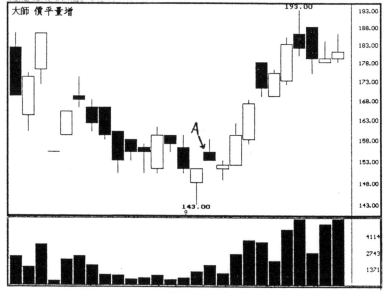

〔圖3-23〕

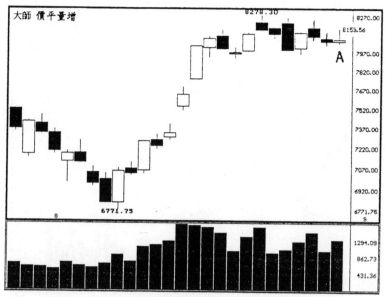

〔圖3-24〕

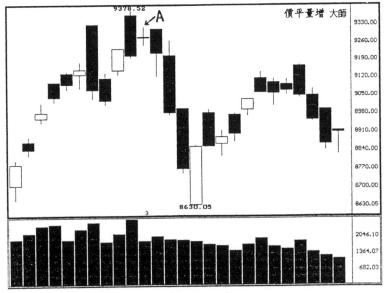

〔圖 3-25〕

〔圖 3-26〕

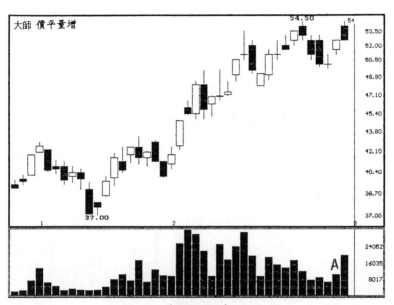

〔圖 3-27〕

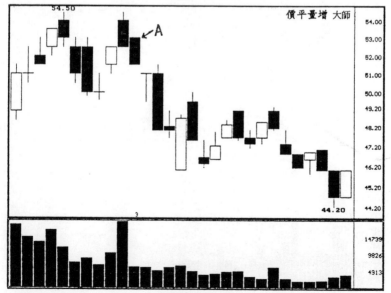

〔圖 3-28〕

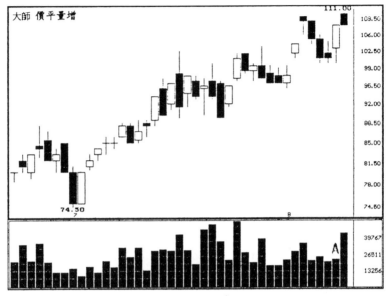

〔圖3-29〕

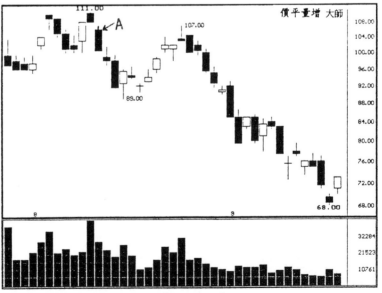

〔圖3-30〕

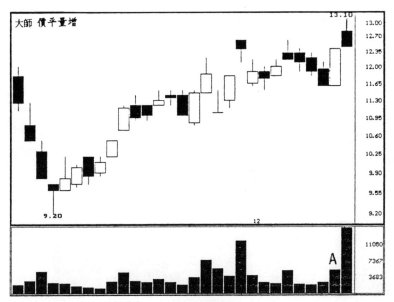

〔圖3-31〕

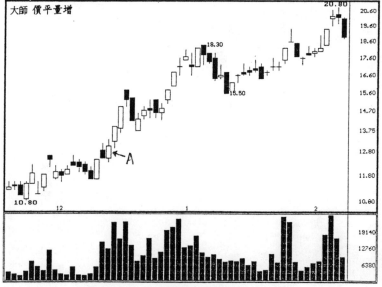

〔圖3-32〕

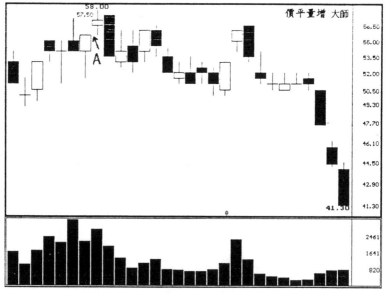

〔圖 3-33〕

〔圖 3-34〕

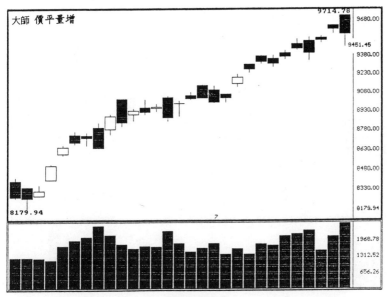

〔圖 3-35〕

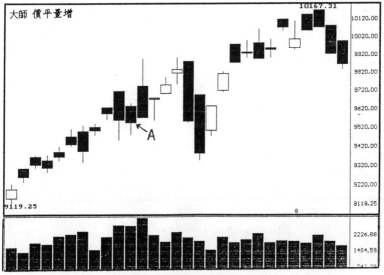

〔圖 3-36〕

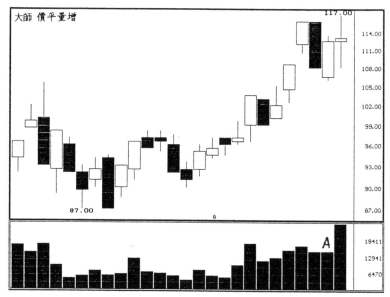

〔圖3-37〕

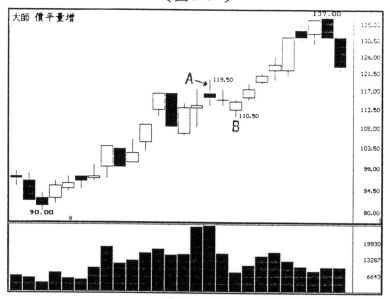

〔圖3-38〕

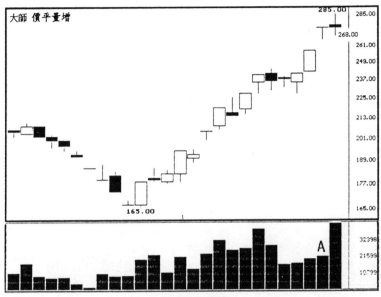

〔圖3-39〕

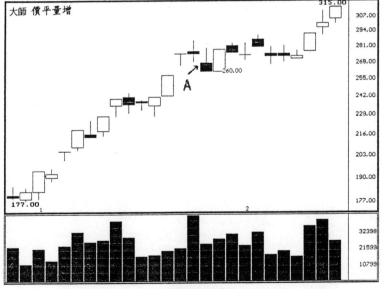

〔圖3-40〕

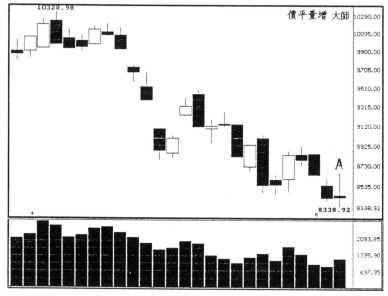

〔圖3-41〕

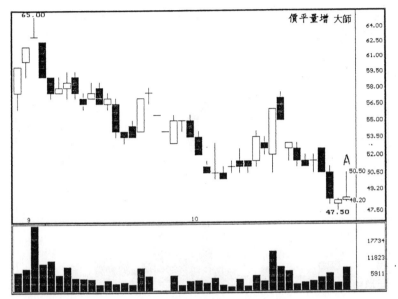

〔圖3-42〕

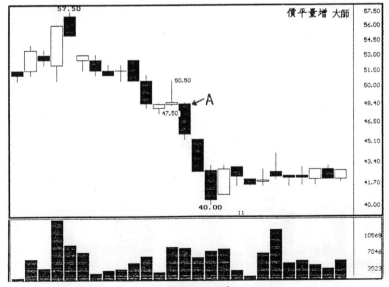

〔圖3-43〕

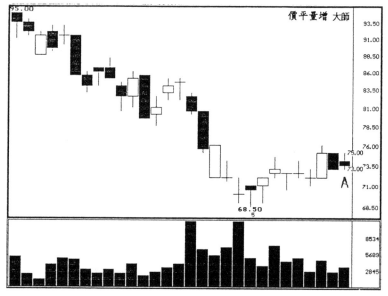

〔圖3-44〕

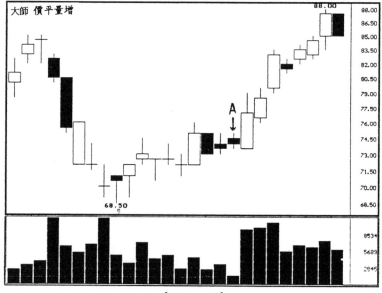

〔圖3-45〕

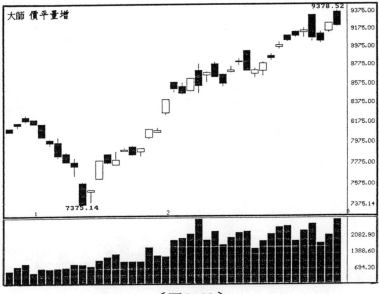

〔圖3-46〕

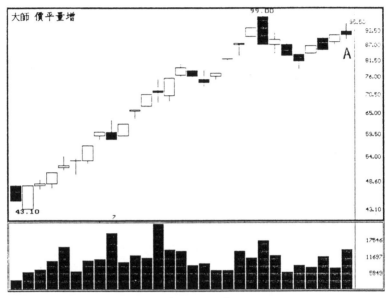

〔圖3-47〕

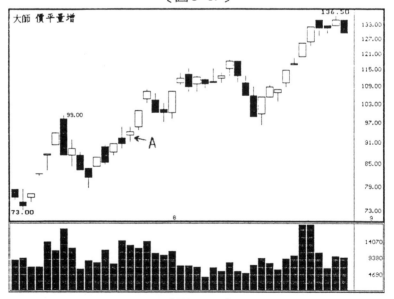

〔圖3-48〕

第四篇　價漲量縮　呈現背離

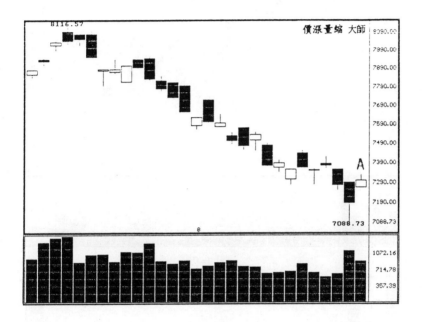

〔圖4-1〕

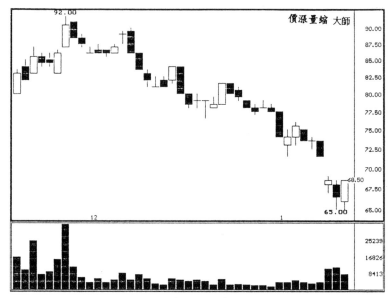

〔圖4-2〕

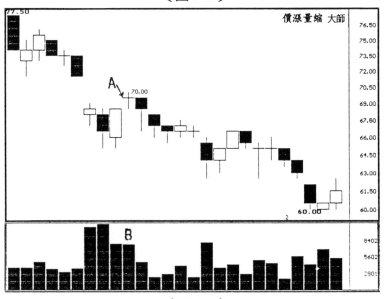

〔圖4-3〕

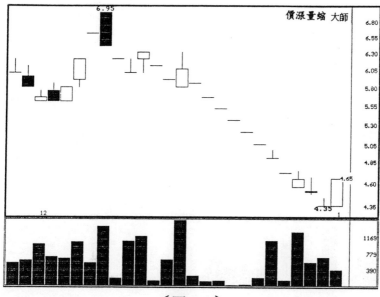

〔圖4-4〕

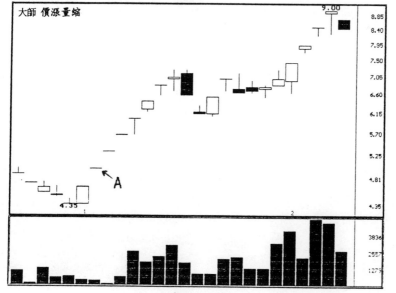

〔圖4-5〕

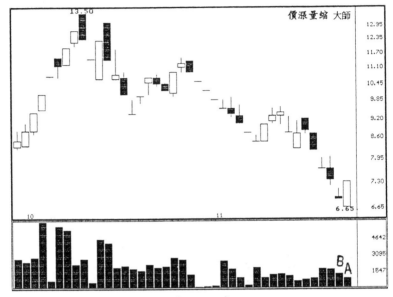

〔圖4-6〕

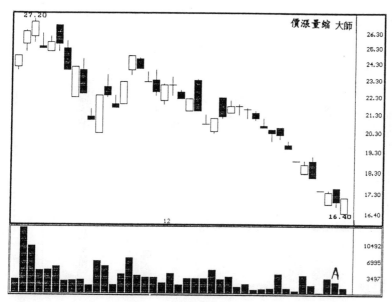

〔圖4-7〕

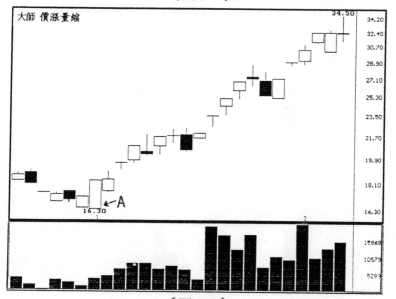

〔圖4-8〕

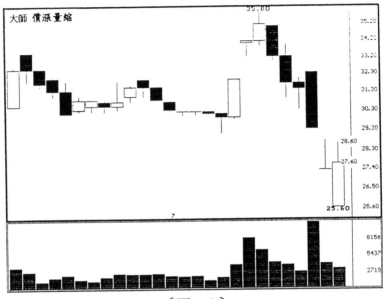

〔圖4-9〕

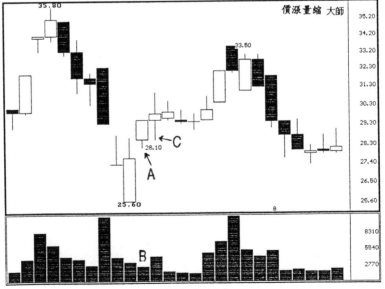

〔圖4-10〕

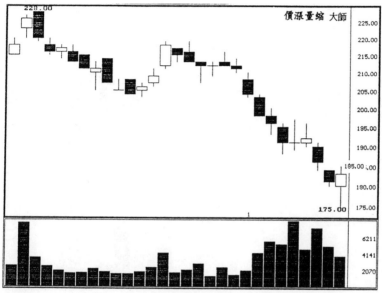

〔圖4-11〕

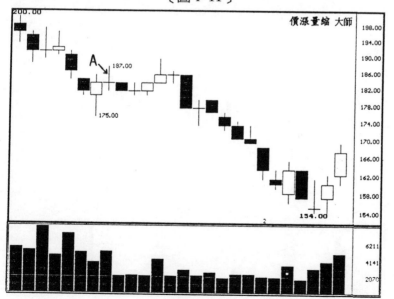

〔圖4-12〕

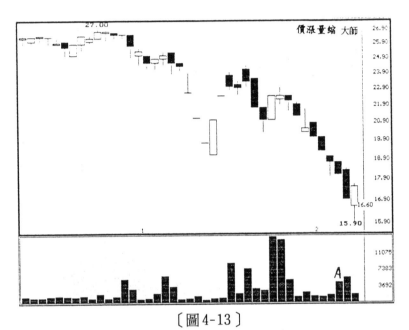

〔圖4-13〕

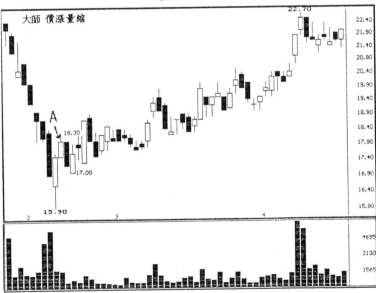

〔圖4-14〕

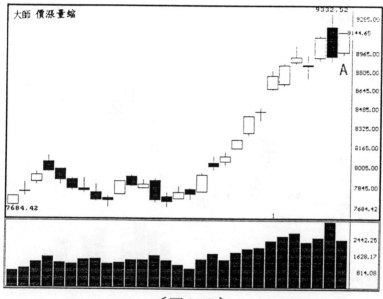

〔圖4-15〕

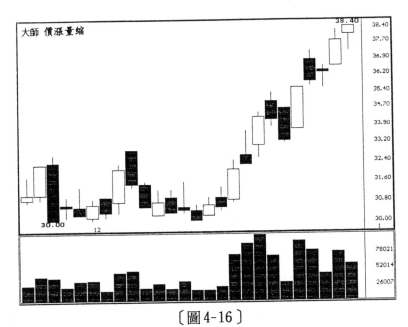

〔圖4-16〕

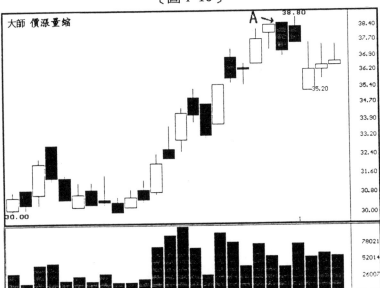

〔圖4-17〕

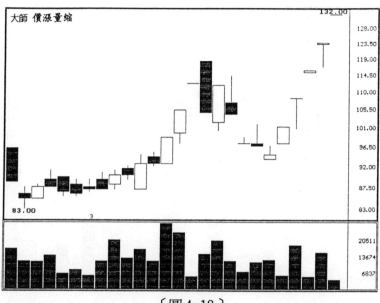

〔圖 4-18〕

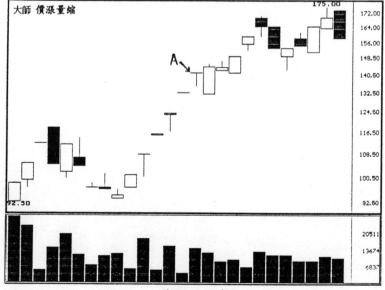

〔圖 4-19〕

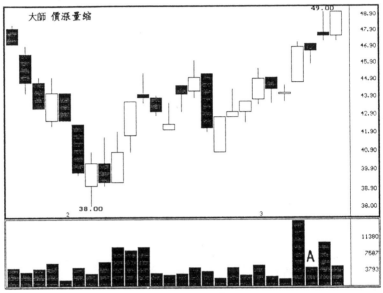

〔圖4-20〕

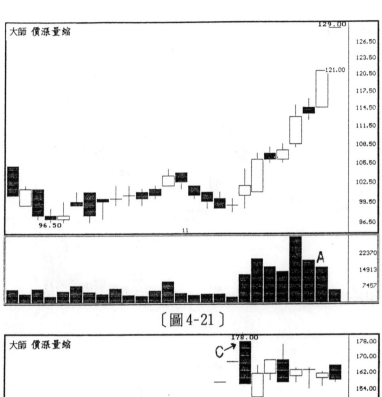

〔圖4-21〕

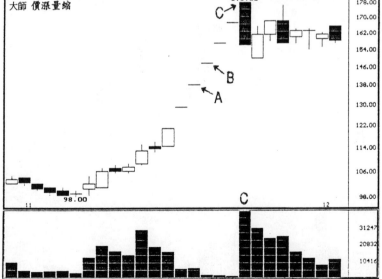

〔圖4-22〕

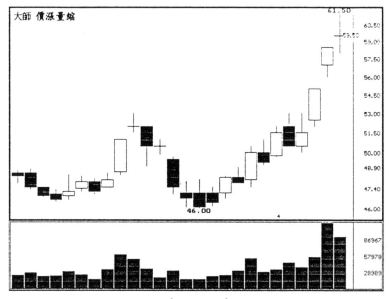

〔圖4-23〕

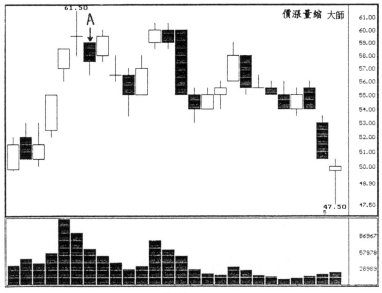

〔圖4-24〕

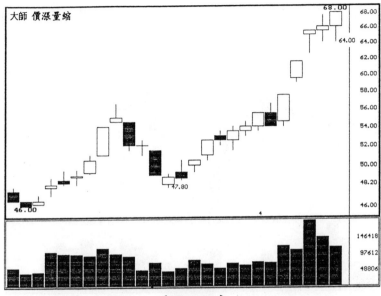

〔圖4-25〕

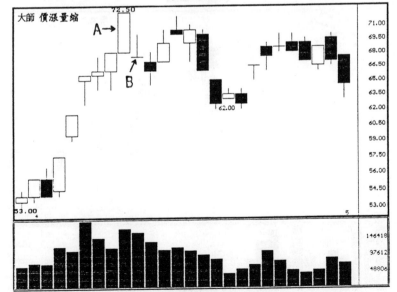

〔圖4-26〕

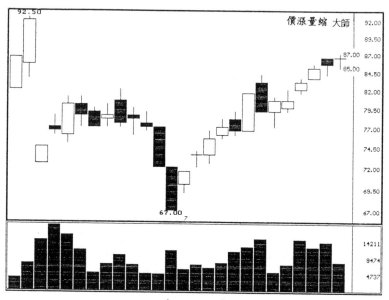

〔圖4-27〕

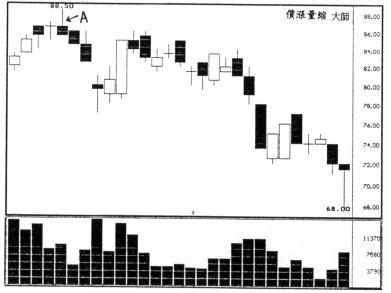

〔圖4-28〕

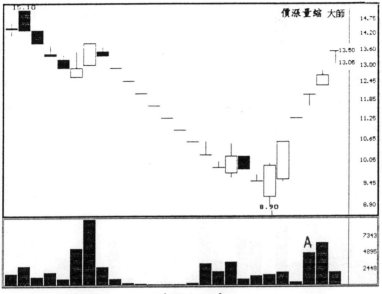

〔圖4-29〕

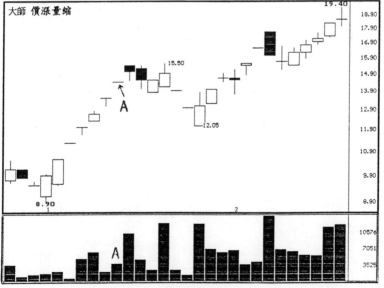

〔圖4-30〕

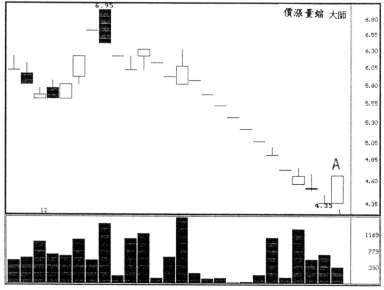

〔圖4-31〕

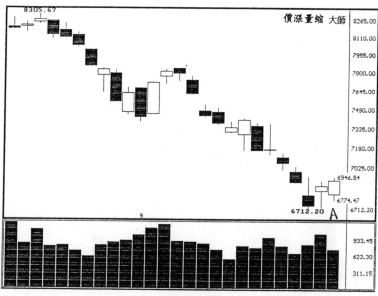

〔圖 4-32〕

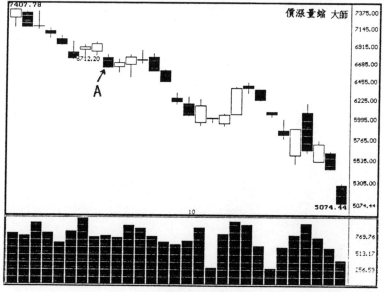

〔圖 4-33〕

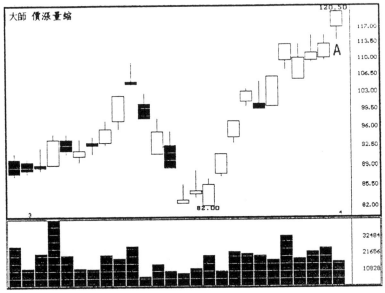

〔圖4-34〕

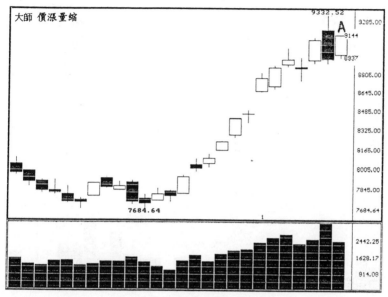

〔圖 4-35〕

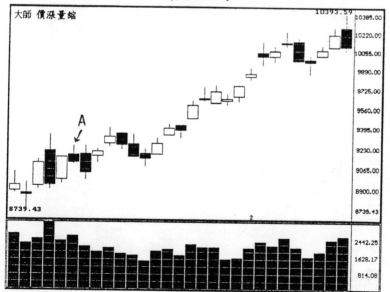

〔圖 4-36〕

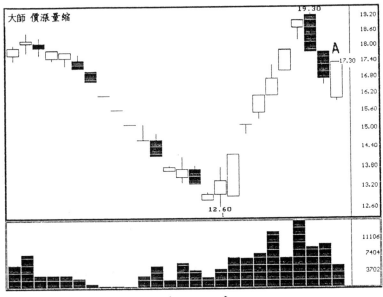

〔圖4-37〕

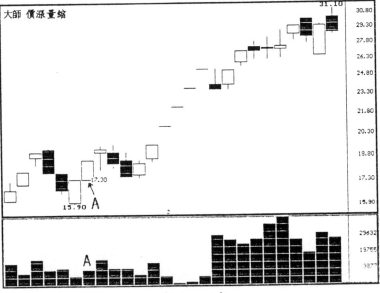

〔圖4-38〕

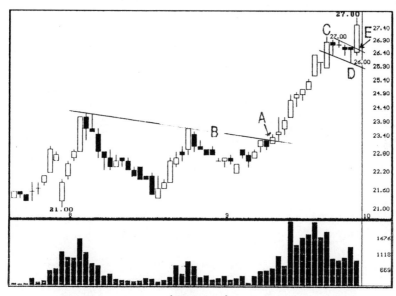

〔圖4-39〕

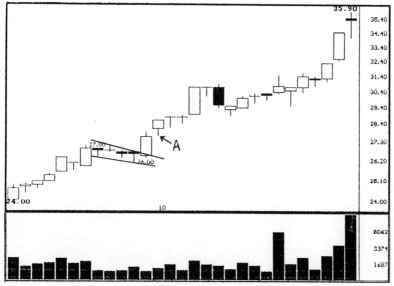

〔圖4-40〕

第五篇　價跌量縮　情況互異

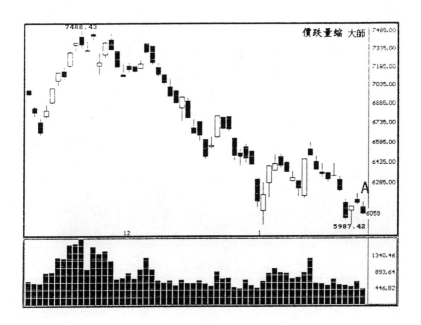

〔圖5-1〕

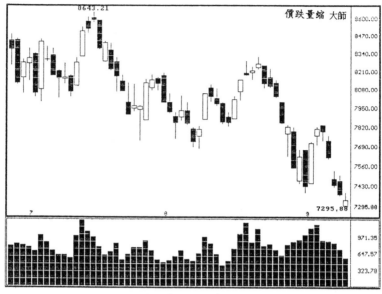

〔圖5-2〕

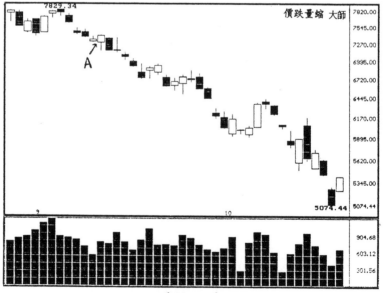

〔圖5-3〕

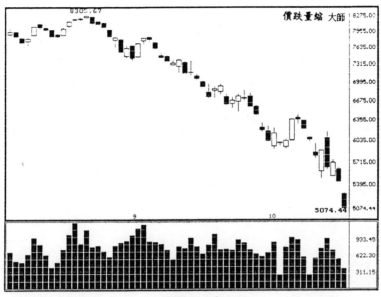

〔圖5-4〕

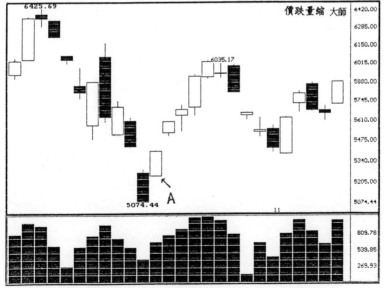

〔圖5-5〕

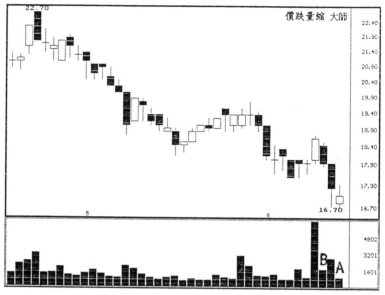

〔圖5-6〕

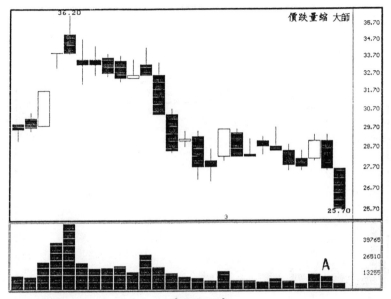

〔圖5-7〕

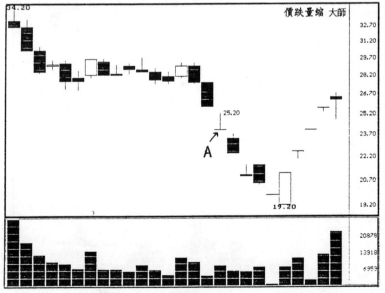

〔圖5-8〕

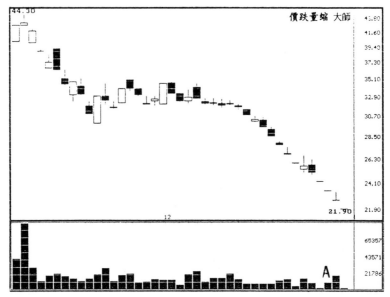

〔圖5-9〕

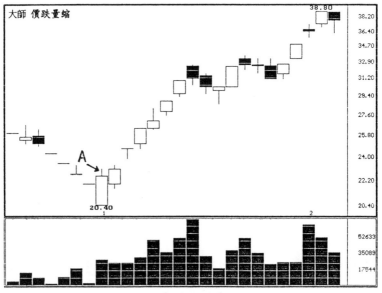

〔圖5-10〕

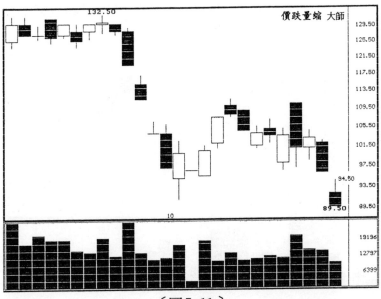

〔圖5-11〕

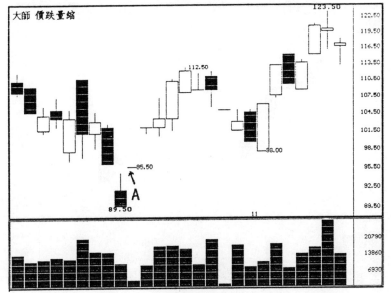

〔圖5-12〕

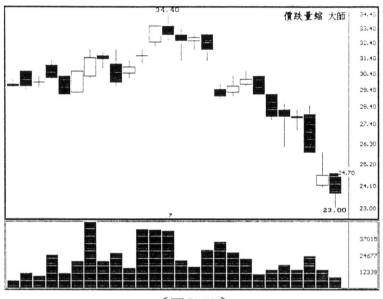

〔圖5-13〕

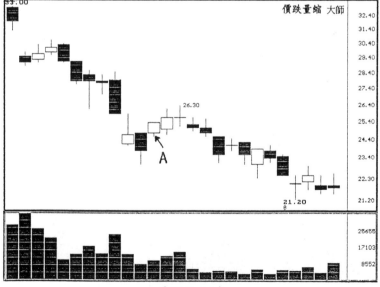

〔圖5-14〕

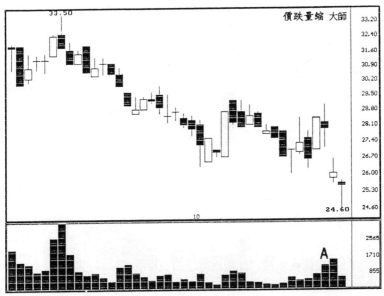

〔圖5-15〕

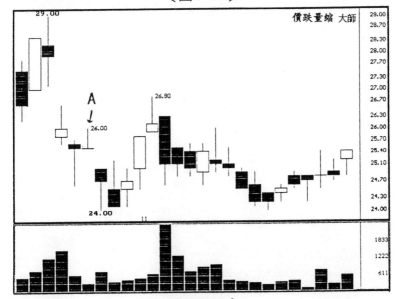

〔圖5-16〕

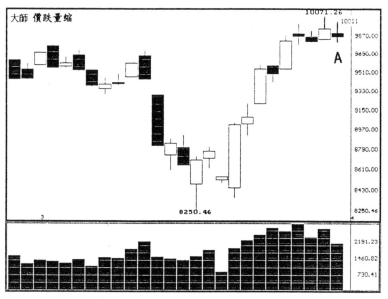

〔圖5-17〕

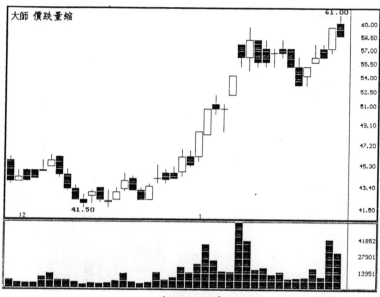

〔圖5-18〕

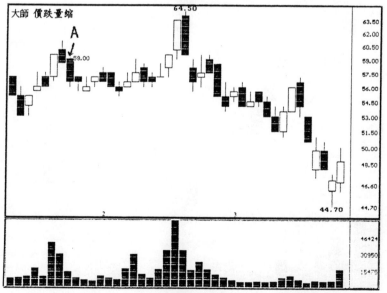

〔圖5-19〕

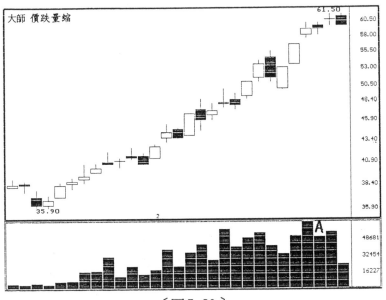

〔圖5-20〕

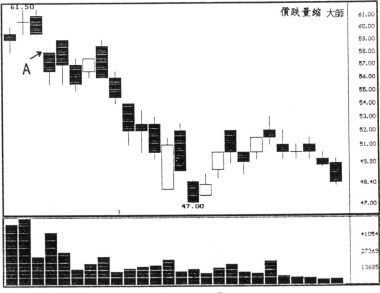

〔圖5-21〕

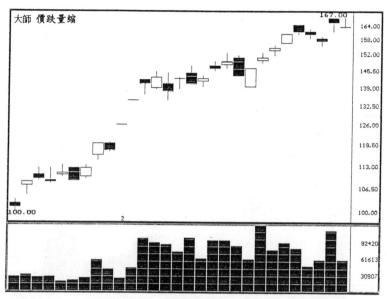

〔圖5-22〕

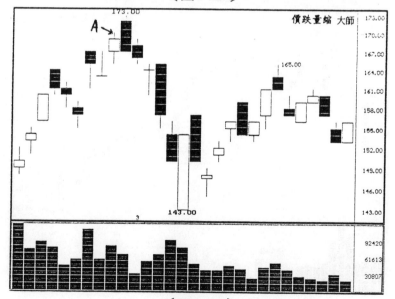

〔圖5-23〕

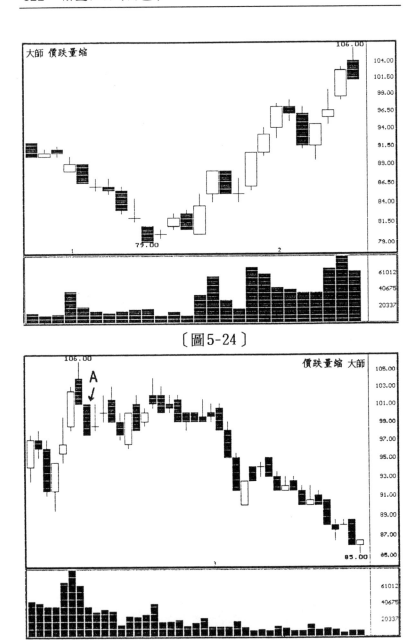

〔圖5-24〕

〔圖5-25〕

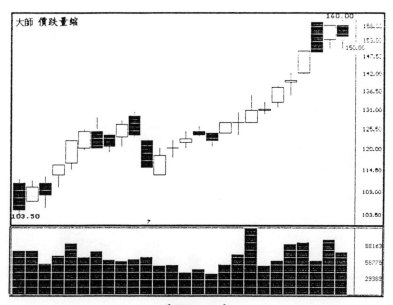

〔圖5-26〕

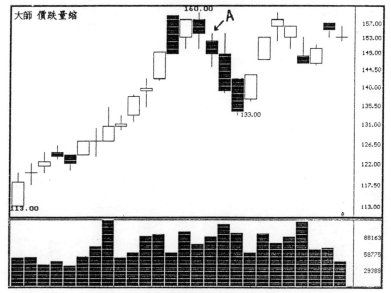

〔圖5-27〕

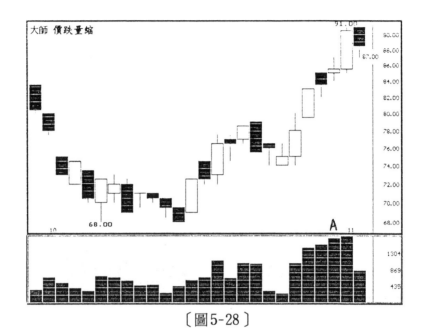

〔圖5-28〕

〔圖5-29〕

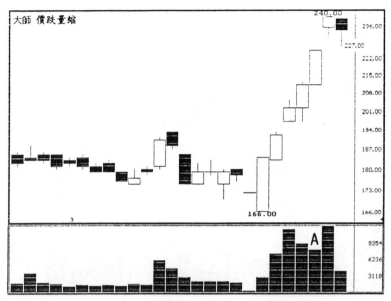

〔圖 5-30〕

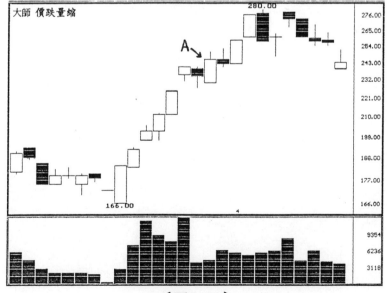

〔圖 5-31〕

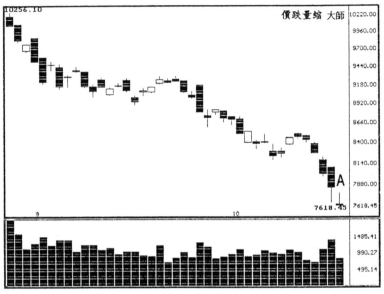

〔圖5-32〕

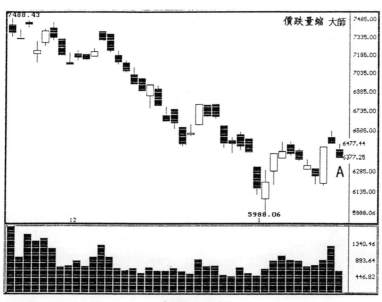

〔圖5-33〕

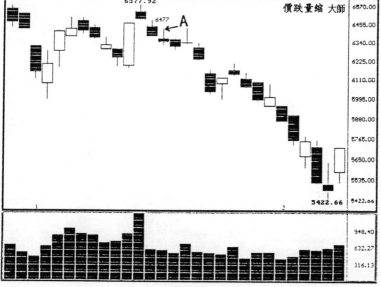

〔圖5-34〕

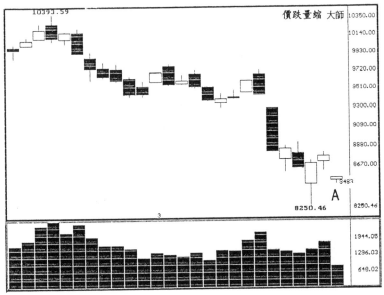

〔圖5-35〕

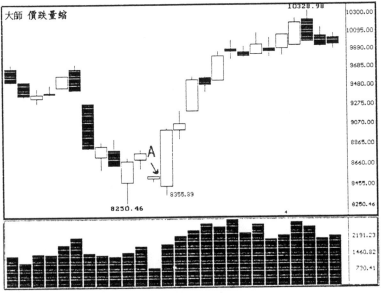

〔圖5-36〕

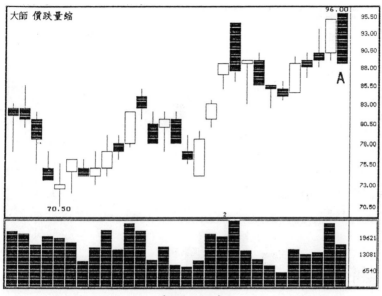

〔圖5-37〕

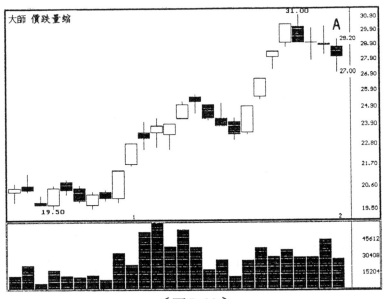

〔圖5-38〕

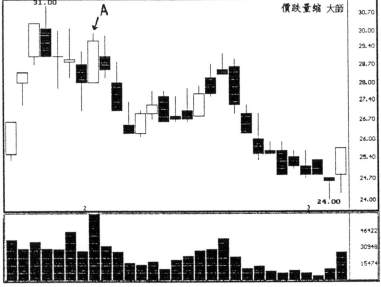

〔圖5-39〕

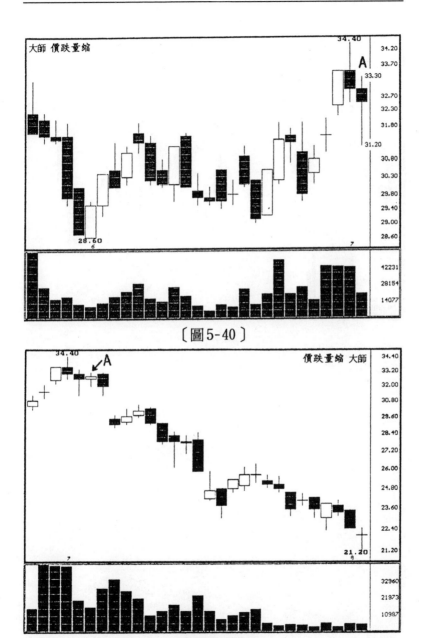

〔圖5-40〕

〔圖5-41〕

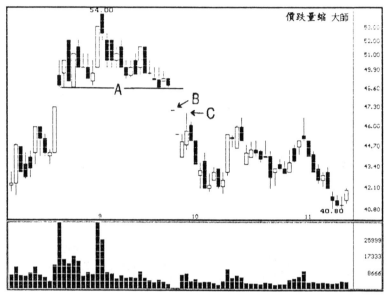

〔圖5-42〕

第六篇　價平量縮　反彈止漲

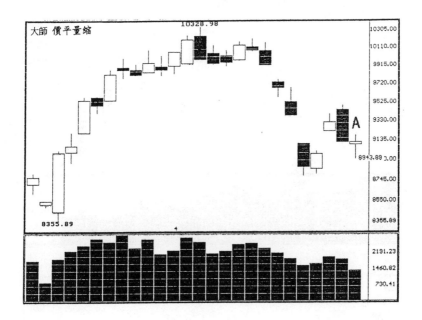

〔圖6-1〕

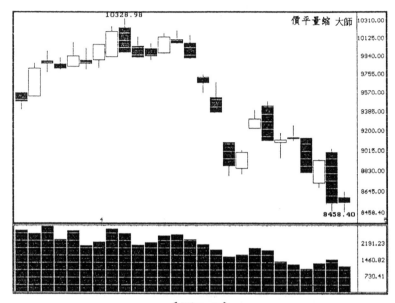

〔圖6-2〕

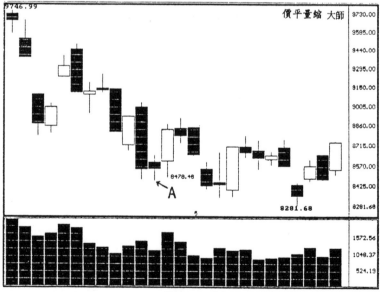

〔圖6-3〕

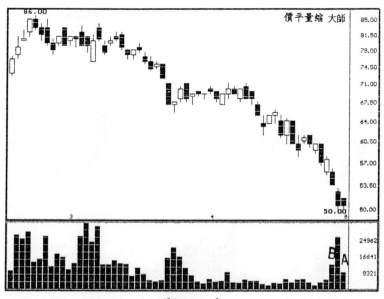

〔圖6-4〕

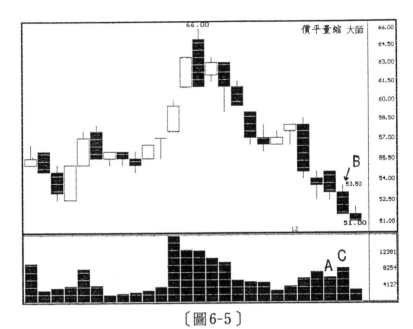

〔圖6-5〕

〔圖6-6〕

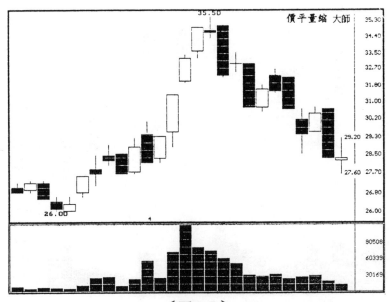

〔圖6-7〕

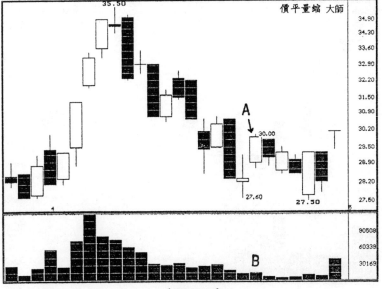

〔圖6-8〕

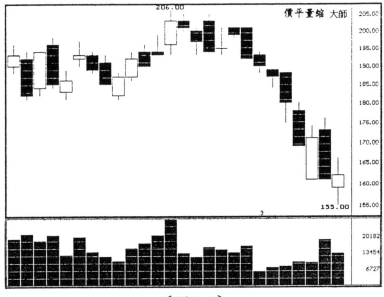

〔圖6-9〕

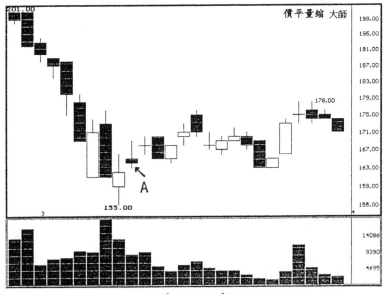

〔圖6-10〕

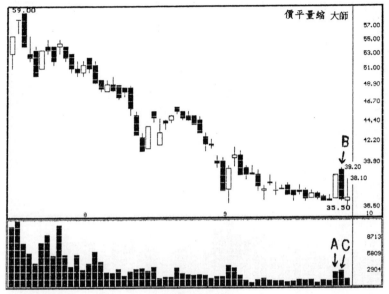

〔圖6-11〕

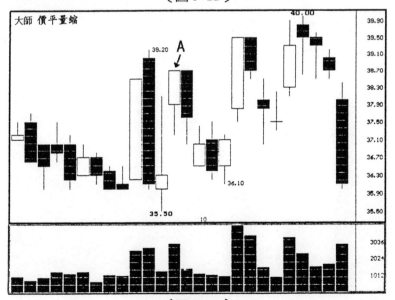

〔圖6-12〕

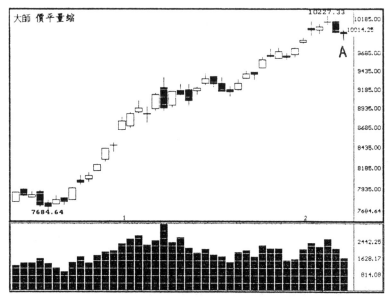

〔圖6-13〕

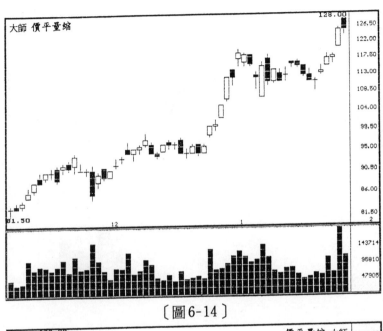

〔圖6-14〕

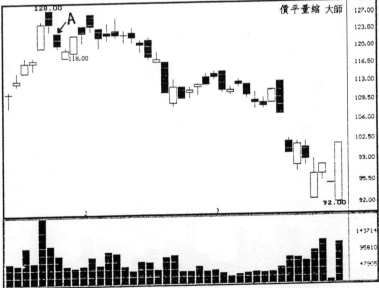

〔圖6-15〕

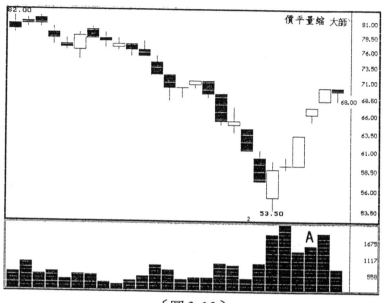

〔圖6-16〕

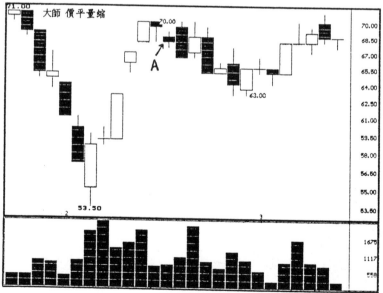

〔圖6-17〕

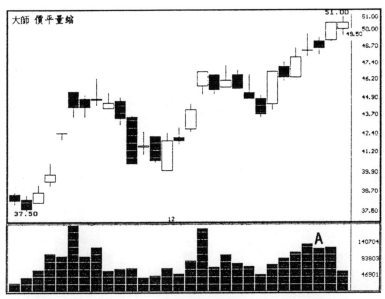

〔圖6-18〕

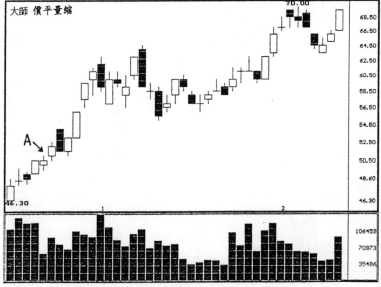

〔圖6-19〕

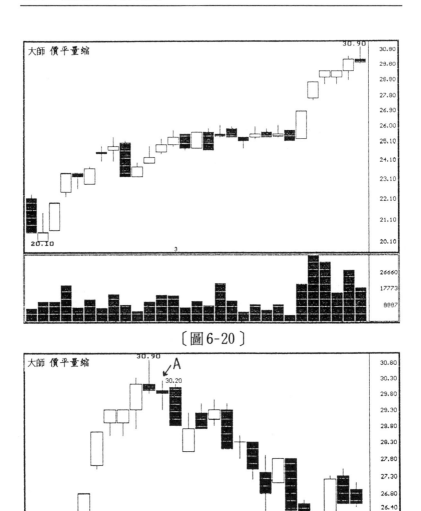

〔圖6-20〕

〔圖6-21〕

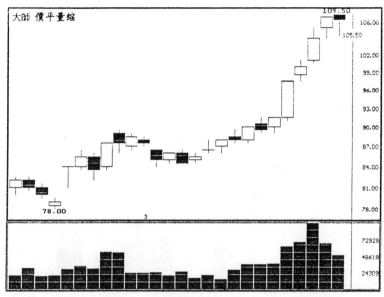

〔圖6-22〕

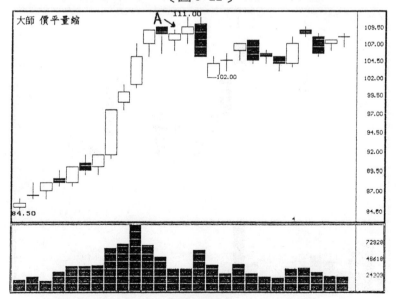

〔圖6-23〕

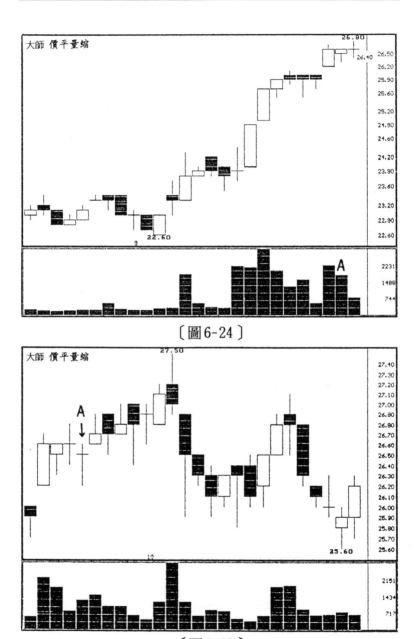

〔圖6-24〕

〔圖6-25〕

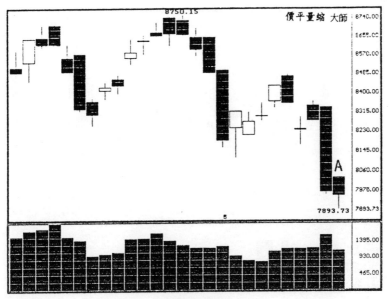

〔圖6-26〕

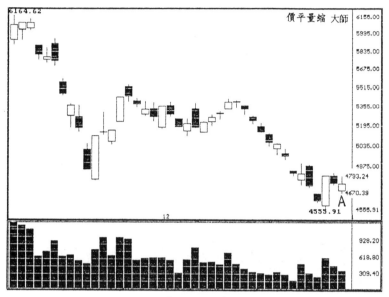

〔圖6-27〕

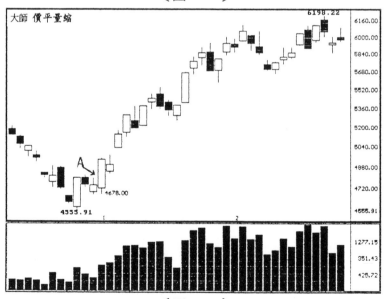

〔圖6-28〕

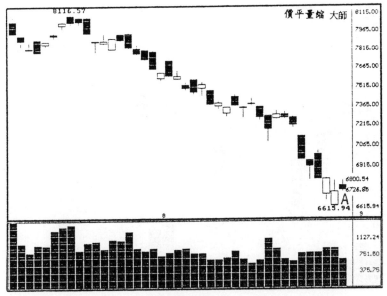

〔圖6-29〕

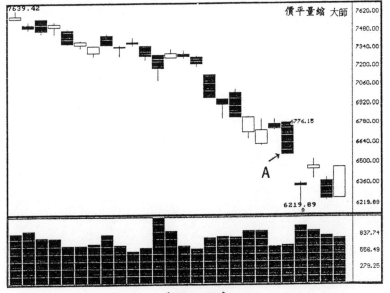

〔圖6-30〕

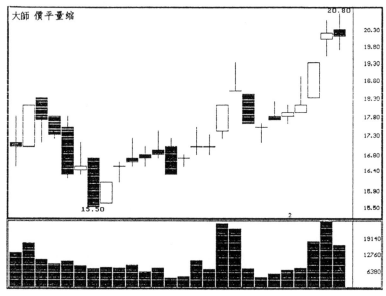

〔圖6-31〕

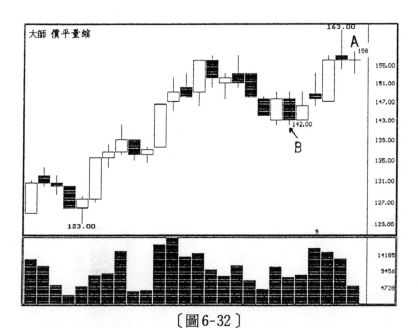

〔圖6-32〕

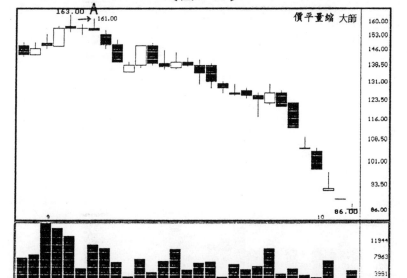

〔圖6-33〕

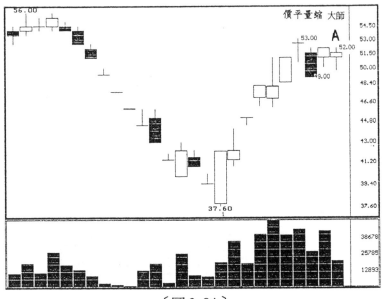

〔圖6-34〕

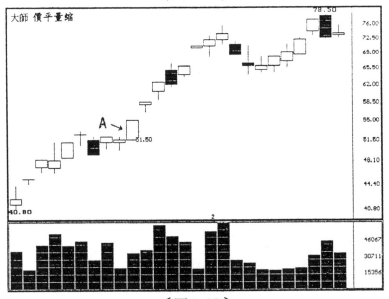

〔圖6-35〕

第七篇　價漲量平　止漲反彈

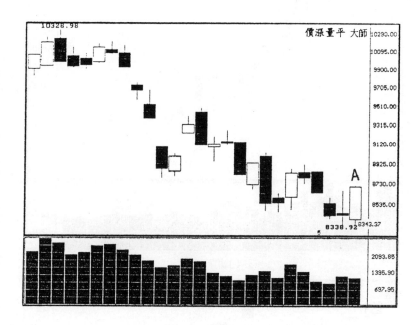

〔圖7-1〕

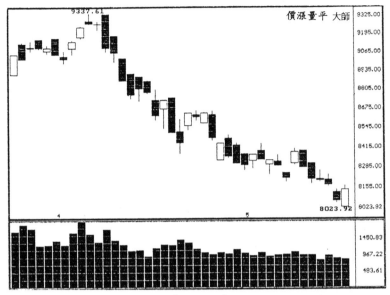

〔圖7-2〕

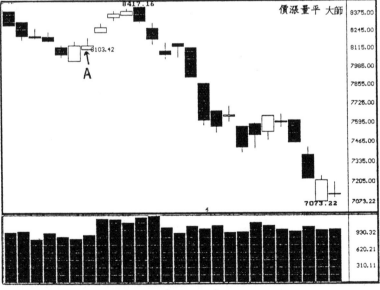

〔圖7-3〕

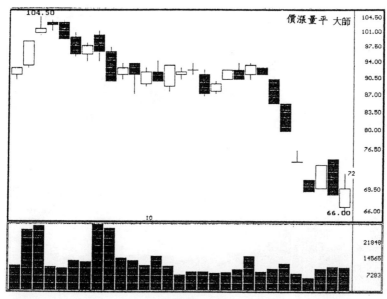

〔圖7-4〕

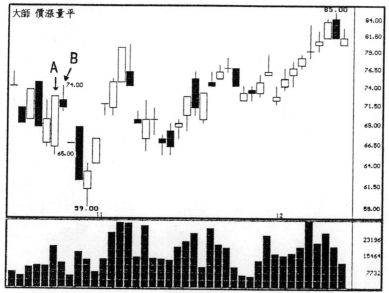

〔圖7-5〕

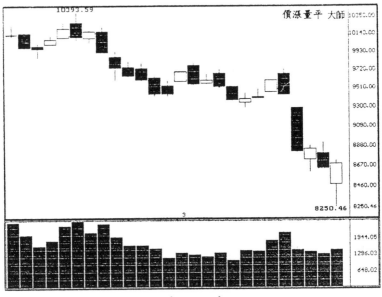

〔圖7-6〕

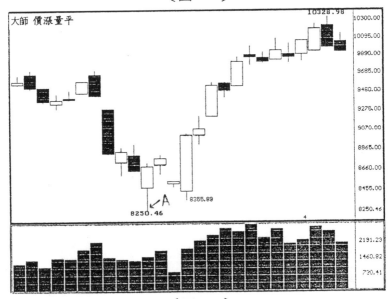

〔圖7-7〕

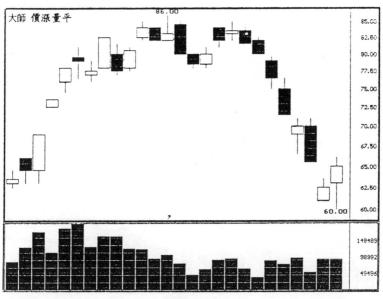

〔圖7-8〕

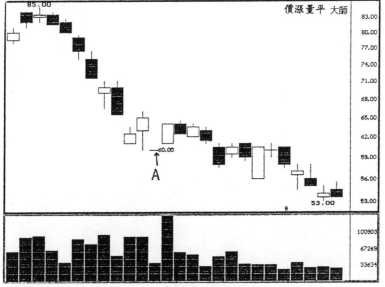

〔圖7-9〕

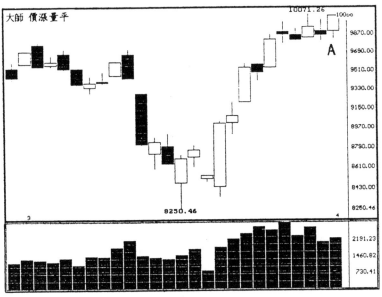

〔圖7-10〕

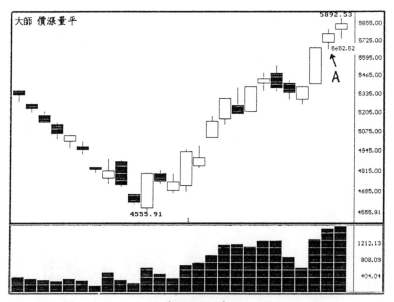

〔圖 7-11〕

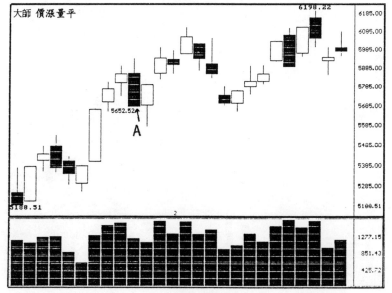

〔圖 7-12〕

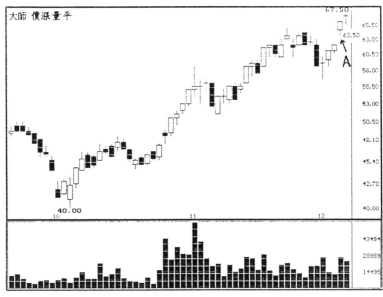

〔圖7-13〕

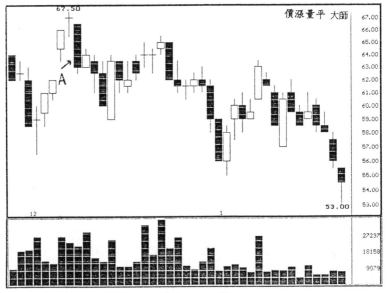

〔圖7-14〕

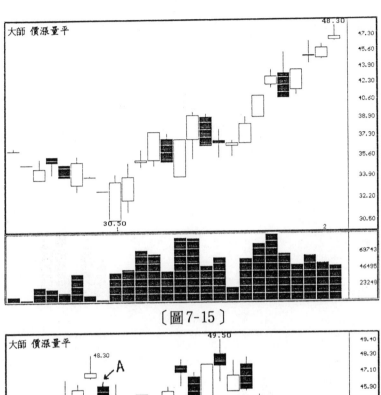

〔圖7-15〕

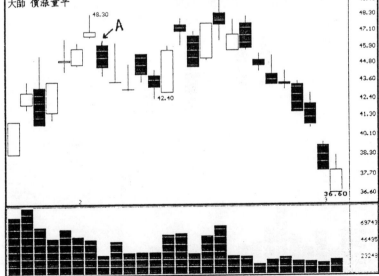

〔圖7-16〕

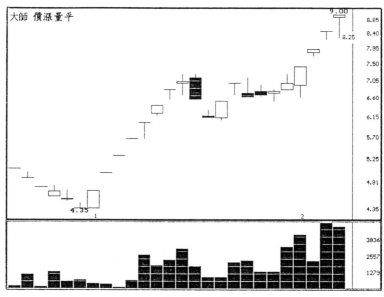

〔圖7-17〕

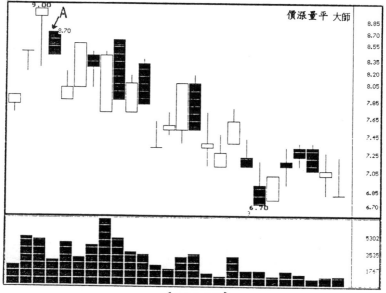

〔圖7-18〕

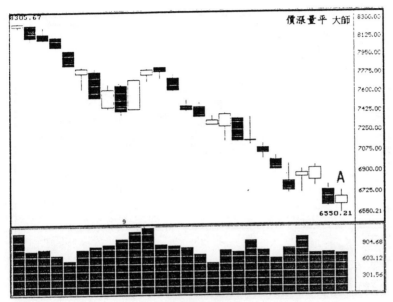

〔圖7-19〕

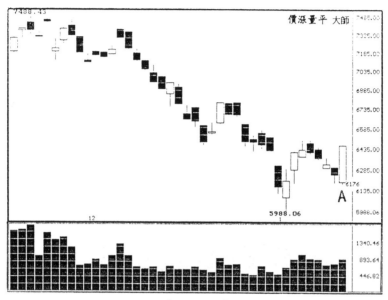

〔圖7-20〕

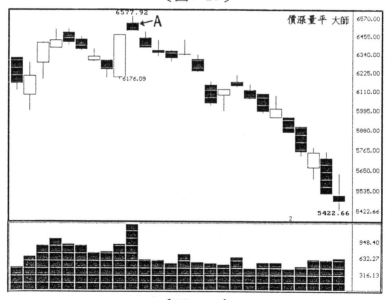

〔圖7-21〕

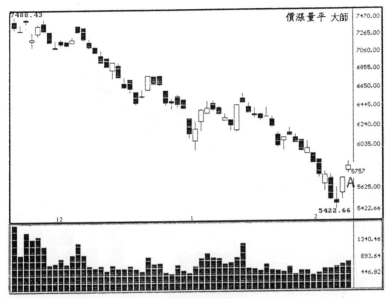

〔圖7-22〕

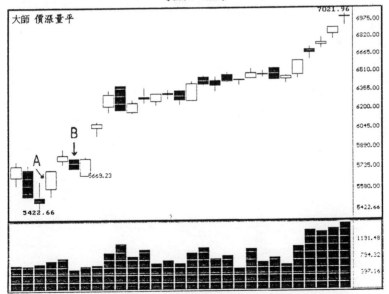

〔圖7-23〕

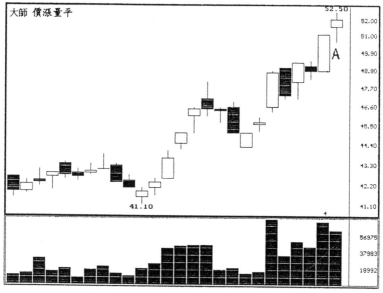

〔圖7-24〕

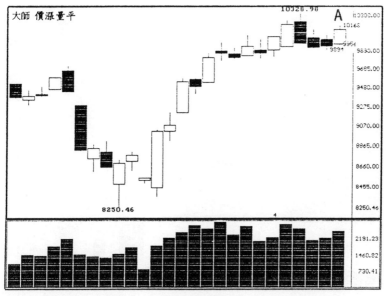

〔圖7-25〕

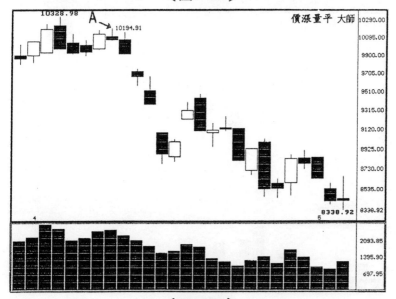

〔圖7-26〕

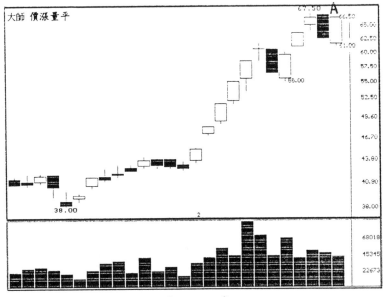

〔圖7-27〕

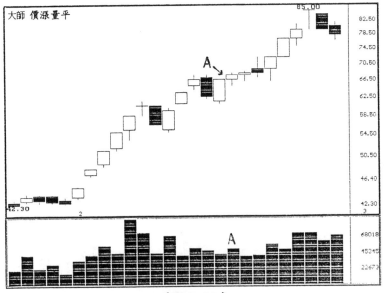

〔圖7-28〕

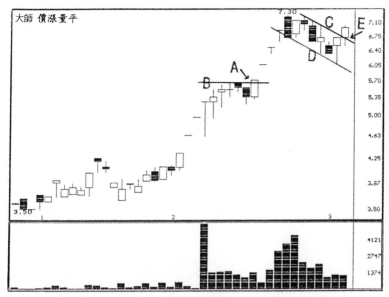

〔圖7-29〕

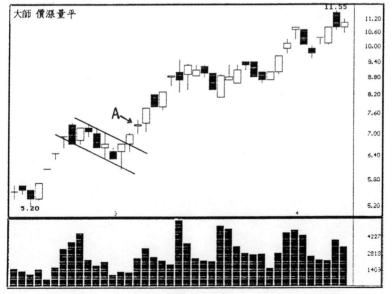

〔圖7-30〕

第八篇　價跌量平　趨勢不變

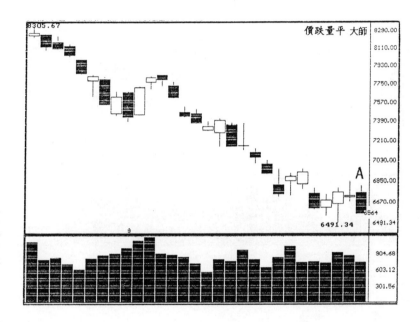

〔圖8-1〕

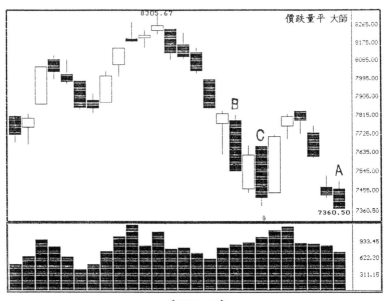

〔圖8-2〕

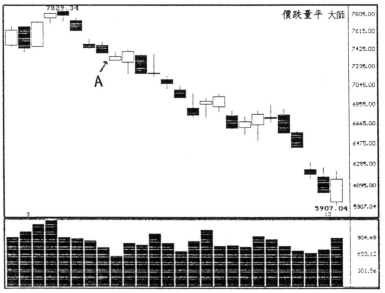

〔圖8-3〕

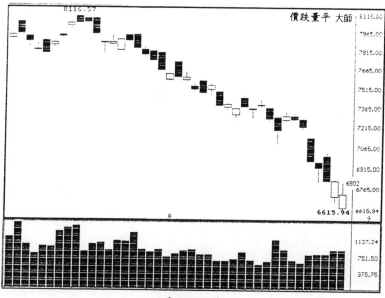

〔圖8-4〕

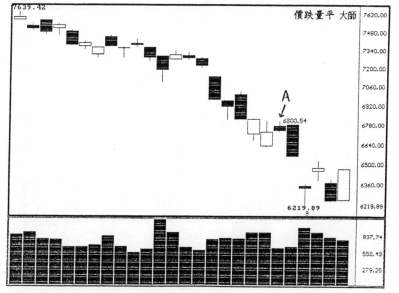

〔圖8-5〕

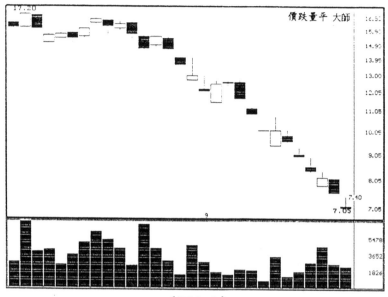

〔圖8-6〕

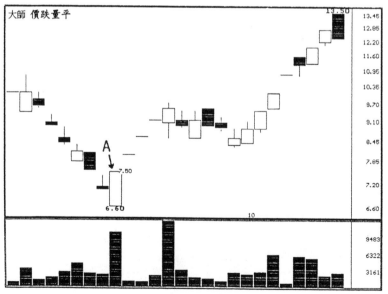

〔圖8-7〕

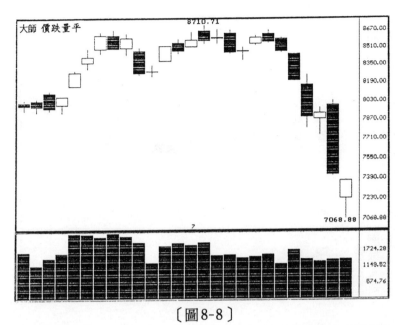

〔圖8-8〕

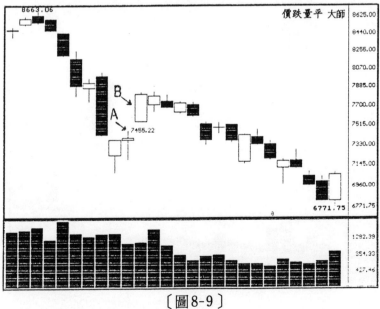

〔圖8-9〕

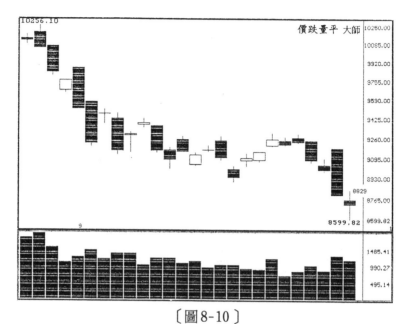

〔圖8-10〕

〔圖8-11〕

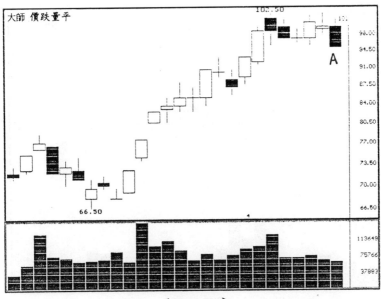

〔圖8-12〕

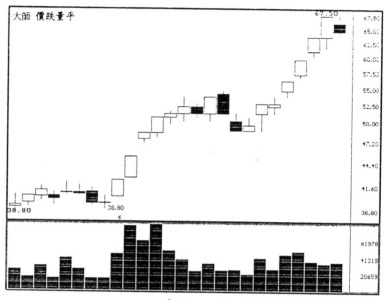

〔圖8-13〕

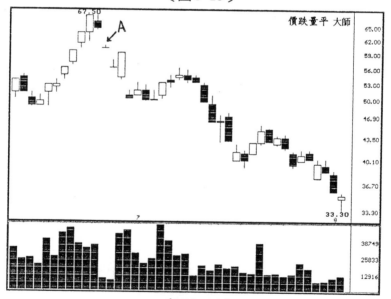

〔圖8-14〕

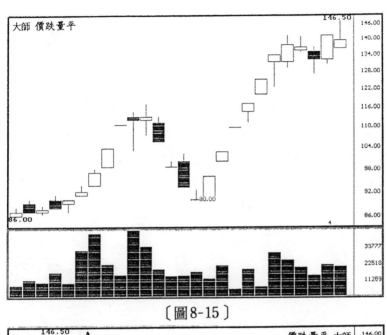

〔圖8-15〕

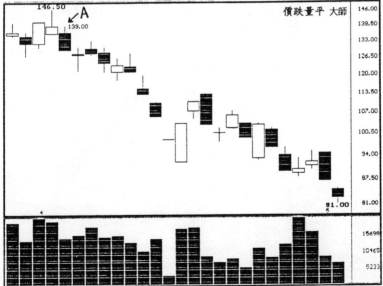

〔圖8-16〕

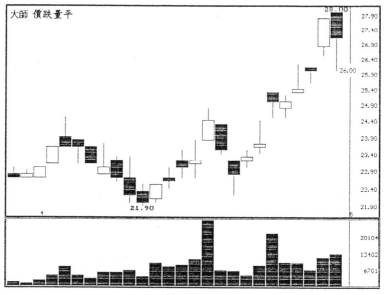

〔圖 8-17〕

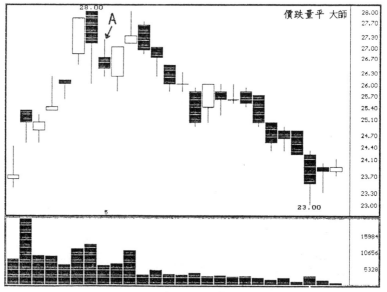

〔圖 8-18〕

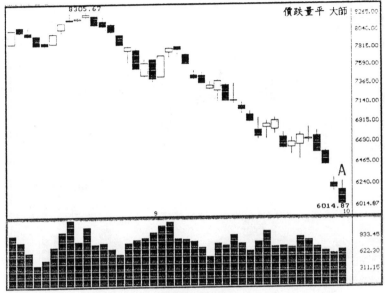

〔圖8-19〕

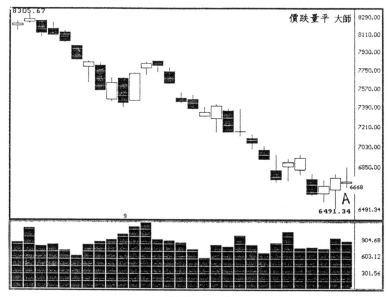

〔圖 8-20〕

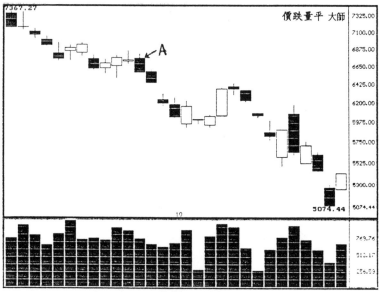

〔圖 8-21〕

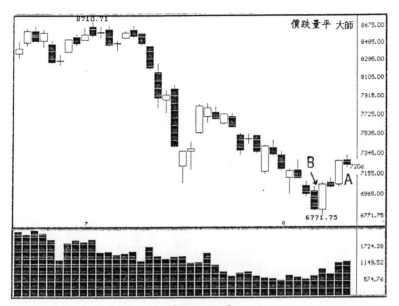

〔圖8-22〕

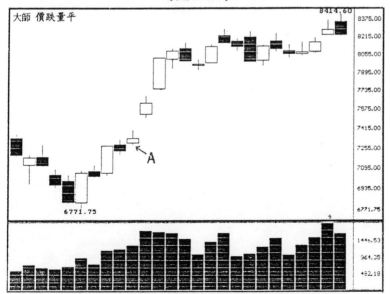

〔圖8-23〕

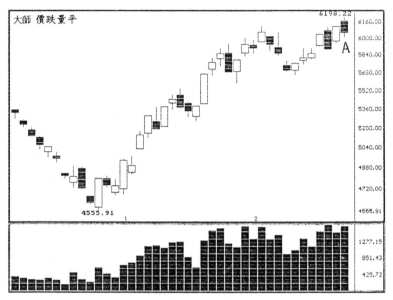

〔圖8-24〕

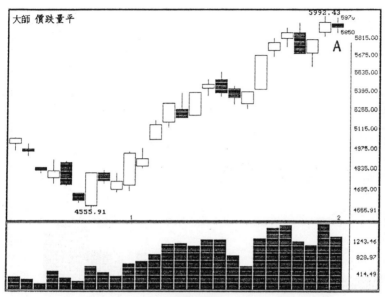

〔圖8-25〕

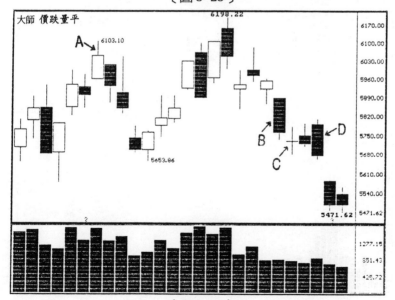

〔圖8-26〕

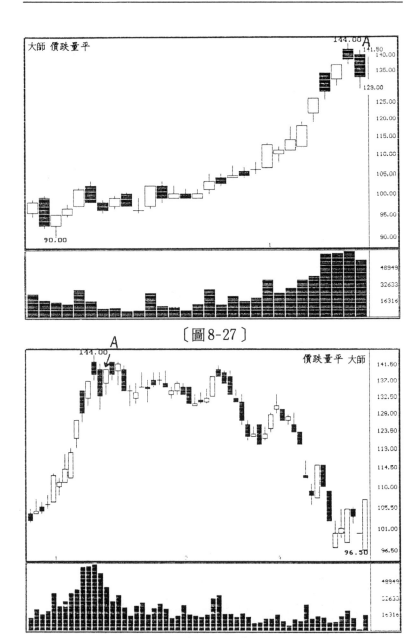

〔圖 8-27〕

〔圖 8-28〕

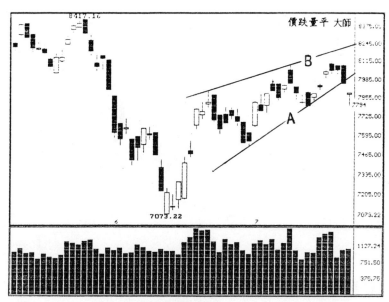

〔圖8-29〕

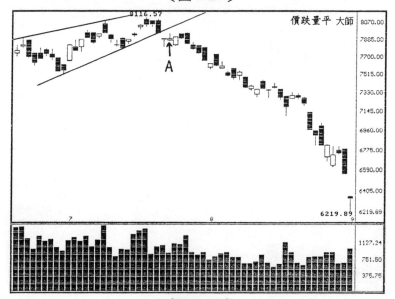

〔圖8-30〕

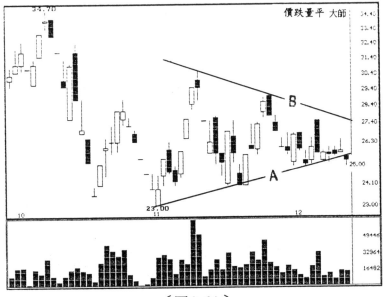

〔圖8-31〕

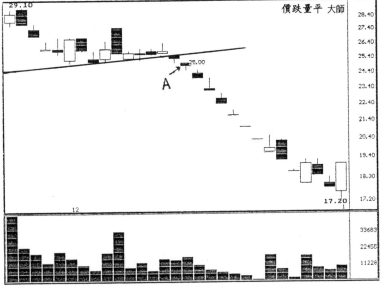

〔圖8-32〕

第九篇　價平量平　多空觀望

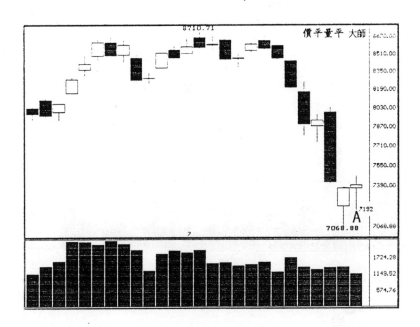

〔圖9-1〕

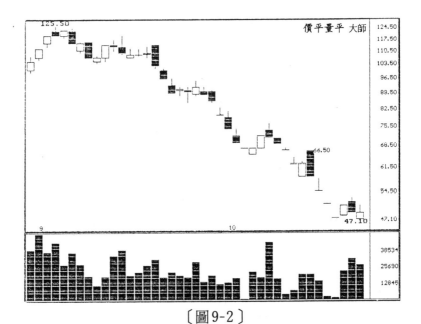

〔圖9-2〕

〔圖9-3〕

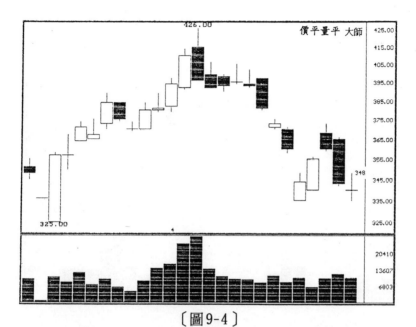

〔圖9-4〕

〔圖9-5〕

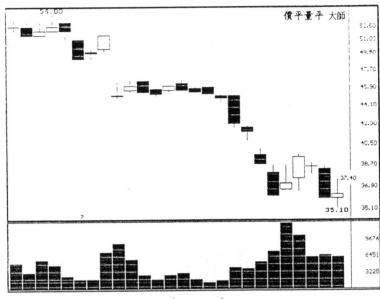

〔圖9-6〕

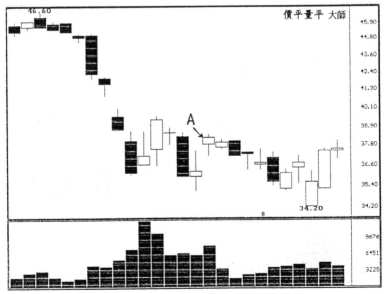

〔圖9-7〕

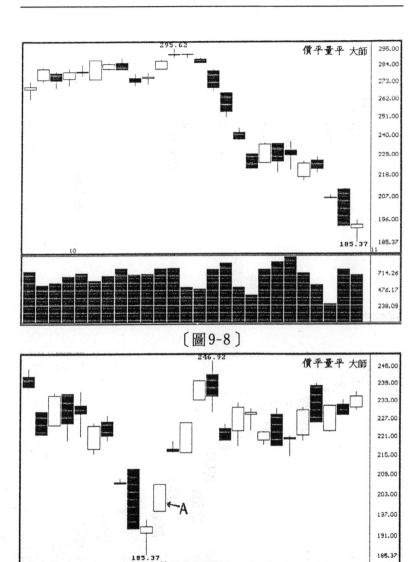

〔圖9-8〕

〔圖9-9〕

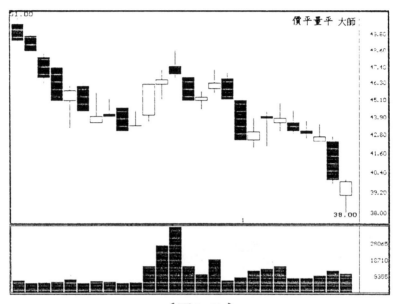

〔圖9-10〕

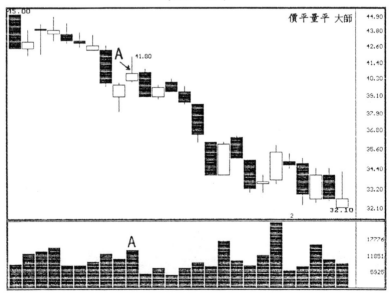

〔圖9-11〕

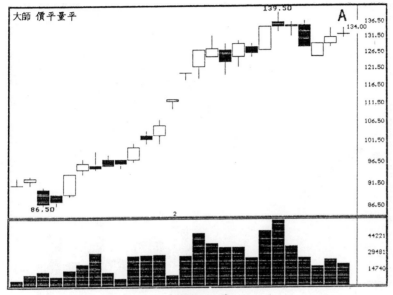

〔圖 9-12〕

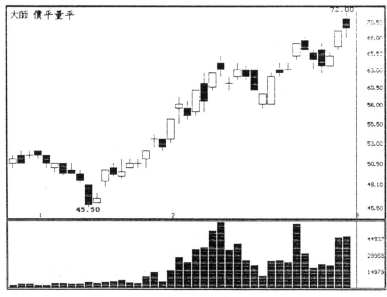

〔圖 9-13〕

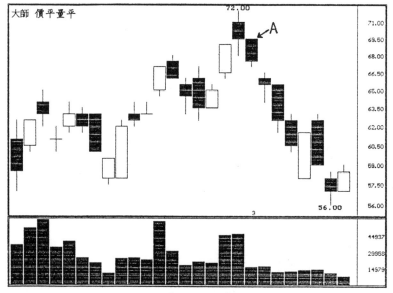

〔圖 9-14〕

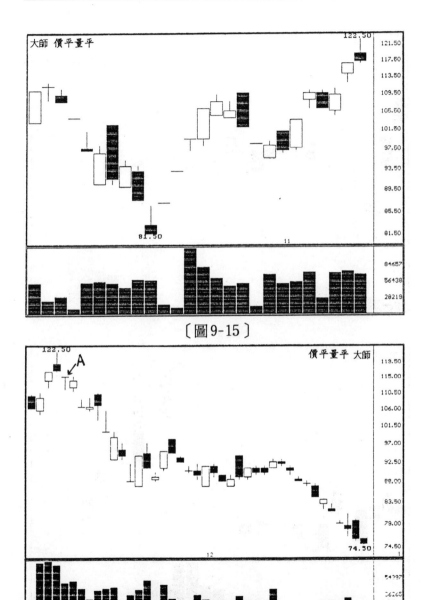

〔圖9-15〕

〔圖9-16〕

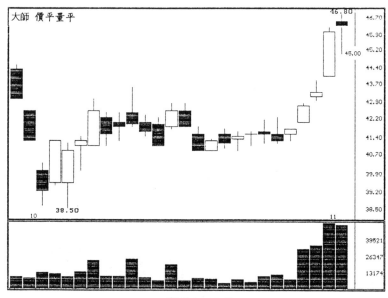

〔圖 9-17〕

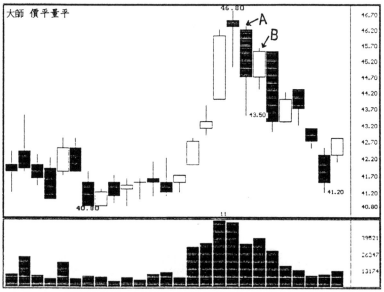

〔圖 9-18〕

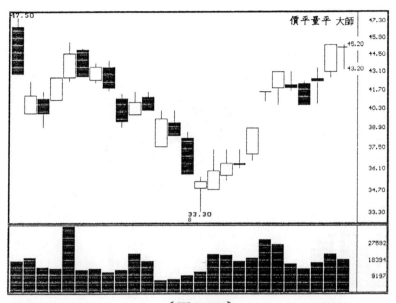

〔圖9-19〕

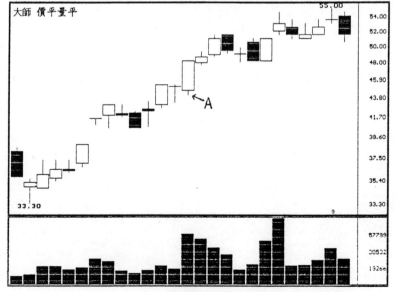

〔圖9-20〕

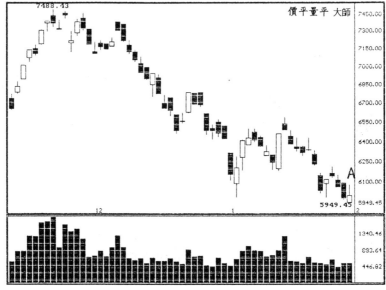

〔圖 9-21〕

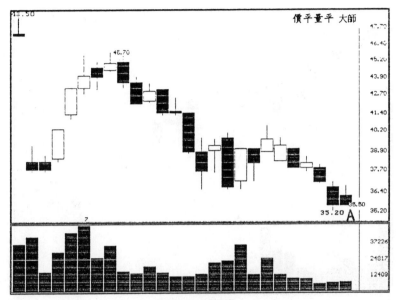

〔圖9-22〕

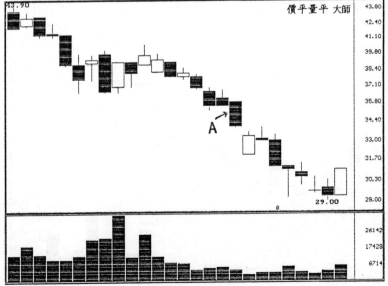

〔圖9-23〕

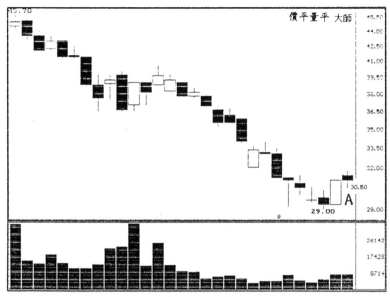

〔圖9-24〕

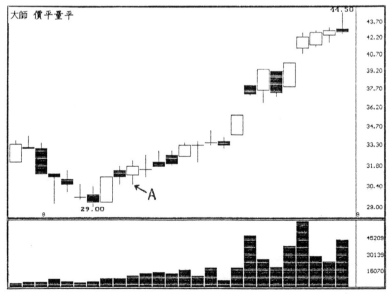

〔圖9-25〕

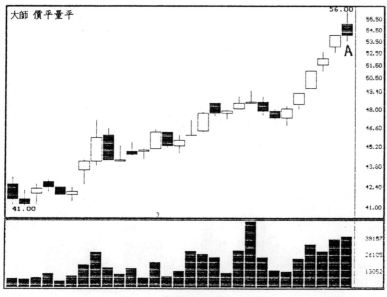

〔圖9-26〕

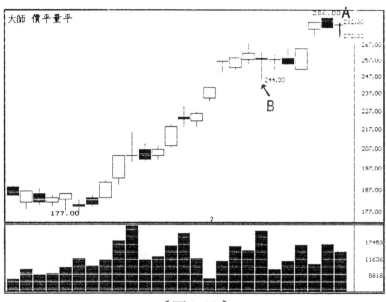

〔圖9-27〕

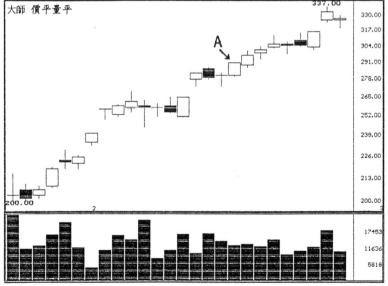

〔圖9-28〕

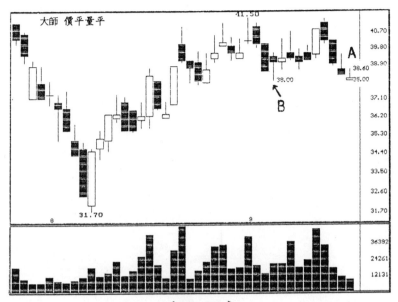

〔圖9-29〕

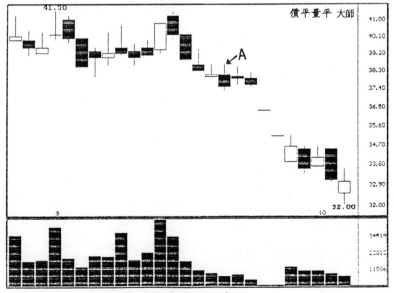

〔圖9-30〕

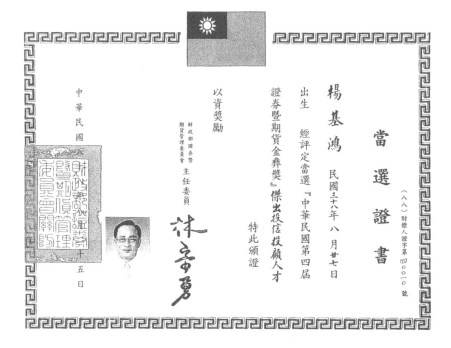

當 選 證 書

（八八）財儆人證字第四○○一○號

楊基鴻 民國三六年 八月廿七日 出生

經評定當選『中華民國第四屆

證券暨期貨金彝獎』傑出投信投顧人才

特此頒證

以資獎勵

財政部證券暨
期貨管理委員會 主任委員 林宗勇

中華民國 十五日

獲財政部長顏慶章先生頒發證券暨期
貨傑出投信投顧人才當選證書（左圖）
獲前財政部長白培英先生頒發證券暨
期貨傑出投信投顧人才金彝獎（上圖）

220

板橋市郵政24—56信箱

正貼
郵票
（2.5元）

楊　基　鴻　先生收

敬愛的 先生 ：
　　　 小姐

　　謝謝您購買本書，本書內容及關於股票如
有任何問題，請附回郵信封寄至「板橋市郵
政 24-56 信箱」，或傳真至：(02)89613602，
將免費竭誠為您服務。另煩請填寫下面資料
，將本卡片寄回，適當時候，或有「意外的
驚喜」會通知您。

您的建議：_____

_____

_____

_____

購書處：　　　書局（文化廣場）

姓　名：

通信處：□□□

國家圖書館出版品預行編目資料

價量經典／楊基鴻著 . -- 初版 . --
　　臺北市：產京實業，民 90
　　　冊；　　　公分
　　ISBN　957-99509-8-9（一套；精裝）

1. 投資　　2. 證券　　3. 期貨交易

563.5　　　　　　　　　　　　　　90006404

價　量　經　典
（文字和附圖共二本合售）　定價：1200 元

中華民國九十年八月再版
（本書已授權廣東經濟出版社發行簡體字版）

著　　　者：楊　基　鴻

通　訊　處：220 板橋市 24-56 信箱

電　　　話：(02)8961-3603

傳　　　眞：(02)8961-3602

郵 政 劃 撥：17598702 楊基鴻 帳户（劃撥購買免掛號費）

發 行 人：阮浩然

出 版 者：產京實業股份有限公司（產經日報）

登 記 証：局版北市業字第 370 號

地　　　址：台北市新生南路三段 2 號 14 樓

電　　　話：080-231638・(02)2367-3186